아니, 이 쓰레기는 뭐지?

아니, 이 쓰레기는 뭐지?

초판 1쇄 발행 2021년 2월 5일

지은이   다키자와 슈이치
옮긴이   김경원
펴낸이   조미현
책임편집   정예인
디자인   이기준

펴낸곳   (주)현암사
등록   1951년 12월 24일 · 제10-126호
주소   04029 서울시 마포구 동교로12안길 35
전화   02-365-5051
팩스   02-313-2729
전자우편   editor@hyeonamsa.com
홈페이지   www.hyeonamsa.com
ISBN   978-89-323-2110-3 (03830)

책값은 뒤표지에 있습니다. 잘못된 책은 바꾸어 드립니다.

아니, 이 쓰레기는 뭐지?

예측할 수 없는
청소부의 하루하루

다키자와
슈이치 지음

김경원
옮김

ⓖ 현암사

들어가며

머신건즈라는 코미디언 콤비를 시작한 지 올해로 딱 20년이 되었다. 그동안 참 일도 많았다.

텔레비전에 나온 적도 있고, 전국 각지 행사에 불려가 코미디 무대에 적도 있었다. 텔레비전에 나갔을 때 선보인 코미디를 보여주면 관객이 좋아해주기도 하고 돈도 받았다. 그렇게 돈을 버는 시기가 길어지면 길어질수록 좋지만, 인생에는 좋은 날만 계속되는 것이 아니어서 결국은 얼마 뒤에 빈털터리가 되었다. 곤란한 일이다.

힘들다고 한탄만 한들 돈이 들어오지 않으니까 열심히 이런저런 궁리를 해보지만, 머리를 싸맨다고 코미디를 펼칠 기회가 오는 것도 아니다. 이런 식으로 나의 연예인 생활은 거의 대부분 이른바 '인기 없는' 상태였고, 어쩌다 보니 2018년 올해 마흔두 살이 되었다. 세월은 참 빠르게 흘러간다. 설마 마흔을 넘기는 날이 올 줄은 생각도 못했는데, 정신을 차려보니 마흔하고도 두 살을 더 먹었다. 붕 떠서 살아갈 수만은 없는 나이가 된 것이다. 살아가는 동안 반드시 해야 하는 일도 더는 피하기 어려워졌다.

서른여섯 살 되던 해 아내가 집에 돈을 가져오라고 했다.
얼마면 되겠느냐고 물었더니 40만 엔이라고 대답했다.
그 순간 하마터면 나는 오줌을 지릴 뻔했다. 떨리는
목소리로 그렇게 돈이 많이 필요하냐고 물었더니 마구
써 갈긴 청구서 같은 종이를 내밀었다.

좀 깎아줄 수 없느냐고 물었더니 그럴 수 없다고 했다.
그러면 이것과 이것은 좀 지출을 줄일 수 없겠느냐고
협상을 시도해봤지만, 아내는 단 한 푼도 줄일 수 없다고
눈을 부릅뜨고 위협했다. 마치 빨간딱지를 붙이러 온
사채업자 같은 어조였기에 난 바들바들 떨었다.

곧장 한 손에 휴대전화를 들고 눈에 띄는 아르바이트
모집 공고를 분주히 찾아보았지만, 공고마다 서른다섯
미만이라고 나이 제한이 쓰여 있었다. 나는 세상살이에
대해 아무것도 몰랐다. 서른다섯이 넘으면 아르바이트
자리가 없다는 사실을 의무교육 기간에 배운 적이 없었다.
고등교육 기관인 대학에서도 배운 적이 없었다.

나이 불문이라고 적힌 몇몇 아르바이트 모집 공고를
즐겨찾기에 추가해두고 하나하나 전화를 걸기 시작했다.
전부 아홉 군데였는데, 아직도 그 숫자를 잊을 수 없다.
모조리 거절당했다. 나이 불문이라는 말은 새빨간

거짓말이었다. 다들 나이를 묻더니 채용하지 않는다고
잘라 말했다.

지금 생각하면 이유를 모르는 바도 아니다. 조금이라도
조건이 좋은 자리를 고르려고 했던 것이 패인이었다.
조건이 좋은 자리에는 조건이 좋은 사람이 구직하러
찾아온다. 나이가 서른다섯인데 심지어 매일 출근할 수
있는 것도 아니라고 했으니 그쪽에서도 철이 없어도
너무 없다고 생각했을 것이다. 만만하게 생각했다. 내가
잘난 줄만 알았다. 바보였다.

나는 눈앞이 캄캄해져서 세상이 나를 알아주지
않는다고 말도 안 되는 소리를 외쳤고, 두 손 두 발로
방바닥을 치며 울다가 아내를 흘깃 쳐다보았다. 이렇게
노력했는데도 대가가 주어지지 않는다고 호소했다.
아내는 봐주지 않았다.

"3월까지 40만 엔 가져다줘."

화가 났다. 아내가 만다 긴지로^{萬田銀次郎}*로 보였다.

---

* 일본의 인기 만화『미나미의 제왕 제로(ミナミの帝王
ZERO)』에 나오는 주인공. 부모님의 복수를 위해 오사카의
미나미 뒷골목을 주름잡는 사채업자가 된 만다 긴지로는
'미나미의 악마'라고 불리며 무슨 수를 쓰더라도 사채를
받아내는 인물이다.

어쩔 수 없이 연예인 동료들이 일하는 아르바이트
자리에 비집고 들어가자는 작전을 세우고는 마구 전화를
돌렸다. 전화할 때마다 암거래 영업闇營業*은 아닌지
확인했다.

"그러다 나까지 해고당할지 모르니까 소개해줄 수
없다고."

"내가 일하는 빵 공장은 작업이 부정기적이라서 말이야.
나도 가끔은 시프트커트**를 당하는 걸."

"자동차 면허가 있으면 금방 일할 수 있어."

"몰래 할 수 있는 일이 있으면 내가 하고 싶은걸."

도움이 되지 않는 연예인 동료들에게 실망했다. 내가
자동차 면허를 갖고 있을 리 없지 않은가? 난 할 줄 아는
일이 거의 없다고! 혼자 부글부글 끓어올라 친구들에게
학을 뗐다. 그들은 암거래 영업 자리 하나조차 알지 못했다.

"무슨 일이라도 하겠다고!" 이렇게 혼잣말을 하고는
책상다리를 하고 앉아 끙끙댔다. 불도 켜지 않고

---

* 연예인이 소속 사무소를 거치지 않고 하는 일을 가리키는
연예계 용어.
** 한 주나 한 달마다 일하는 요일이나 시간대를 정하는
근무 체제에서 회사 측의 일방적인 사정에 따라 노동시간을
삭감당하는 일.

끙끙대면서 아내에게 내 사정을 알아달라고 신호를
보냈지만 아내는 꿈쩍도 하지 않았다.

　'나도 여기까지인가? 연예인을 그만두지 않으면
직장을 구할 수 없는 건가? 일주일에 6일을 일하지
않으면 고용해주지 않는다는 말인가?' 이런 생각에 속을
끓이면서 명상을 하는 동안 좋은 수가 떠올랐다.

　연예인을 그만둔 놈이라면 뭔가 다른 일을 하고
있을 것이다. 그 놈에게 소개해달라고 해서 쉬는 날을
받아가며 일해보자는 생각이 들었다. 역지사지로 한번
생각해보자. 처음 보는 고용주에게 다짜고짜 코미디언을
계속해야겠으니 휴가를 달라고 말하면 내가 관리자라도
채용하지 않을 것이다. 그러나 착실하게 일하고 있는
친구가 소개한다면 조금은 신뢰해주지 않을까. 이왕
이렇게 된 바에야 남의 힘을 빌려 일을 성사해봐야지.

　나는 그룹 별로 나뉜 연예인 전화부를 들척이다가
연예 활동을 하던 시기에 사이좋게 지내던 누군가의
이름을 발견하고 시선을 멈추었다.

　"이게 누구야? 오랜만이야. 잘 지냈어?"

　"지금 무슨 일을 하고 있어?"

　"뭐야? 갑자기?"

　"일 말이야. 무슨 일 하느냐고?"

"뭐? 쓰레기 청소부인데, 왜?"

"그 일, 나도 할 수 있어?"

"그야 할 수 있지."

"뭐라고? 할 수 있다고?! 정말이야? 정말 할 수 있어? 거짓말 아니지?"

"거짓말 아니야. 할래?"

"정말? 근데 나, 자동차 면허 없는데."

"없어도 괜찮아."

"서른여섯 살인데 괜찮을까?"

"괜찮아. 나이가 더 많은 사람도 들어오는데, 뭘."

"코미디언은 계속할 거야."

"그래, 하면 되잖아."

"혹시나 싶어서 묻는데, 암거래 영업 아니지?"

"아니야."

"그렇구나. 일을 하겠지만 저기, 너무 힘든 일은 싫어."

"야, 무슨 소리야? 할 거야? 말 거야?"

"할 거야. 그런데 쓰레기 청소가 뭐야?"

이것이 나와 쓰레기의 만남이었다.

나는 현재 다섯 살짜리 아들과 두 살짜리 딸을 둔 아버지가 되었고, 쓰레기 청소부로 일하면서 아직 코미디언 활동을 계속하고 있다.

쓰레기 청소 일은 감사하게도 서른여섯 살이나 먹은 나를 즉각 채용해줄 정도로 품이 넓은 업계이다. 뿐만 아니라 이곳에는 정말 다양한 사람들이 일하고 있다.

내가 경험해온 쓰레기 청소 세계에 대해 이야기하려고 한다. 이 책을 읽고 나면 여러분은 필시 쓰레기에 대해 조금은 다시 생각하게 되지 않을까 한다.

목차

1

청소부의
혼잣말

통학로를 지나갈 때 "냄새 나니까 빨리 가" 하고
욕을 하는 초등학생이 드물지 않다. 개중에는
"아주 냄새가 좋구먼~" 하고 일부러 불쾌감을
주려고 기분 나쁘게 굴었던 초등학생도 있다.

오늘 상자를 수거했는데 상자를 그대로 내놓은 집이 많았다. 커다란 상자 속에 작은 상자가 빼곡하게 들어 있었다. 커다란 상자 안에 작은 상자가 러시아 인형 마트료쉬카처럼 나오고 또 나오고…… 어휴ー!

※상자는 펼친 다음 접어서 끈으로 묶어 내놓아주세요.

18

청소부의 일상 ③

비 내리고 바람 부는 날의 페트병은
살아 있는 것처럼 움직이기 때문에 마치
미끈거리는 장어를 상대하는 것 같다.

청소차와 쓰레기장 사이가 조금이라도
떨어져 있으면 소리도 없이 자전거가 비집고
지나가곤 한다. 그것들은 흉기나 다름없다!

아니, AV를 얼마나 사 모은 거야! 그리고
왜 이렇게 한꺼번에 버릴 마음이 든 건데?!
이제 애인과 동거라도 시작하는 거야?
수거해 가기는 하겠지만, 어휴 나 참…….

'병 하나쯤은 모르겠지' 하고 타는 쓰레기
속에 집어넣는 사람이 있는데, 1년쯤 이 일을
해보면 봉투를 드는 순간 소리와 무게로
금방 알 수 있다.

※일본의 분리수거 기준은 타는 쓰레기와 타지 않는
쓰레기입니다.

청소부의 일상 ⑦

유치원 앞에서 어린이에게 손을 흔드는
청소부가 많다. 아이들이 "꺄! 꺄!" 소리를
질러주니까 영웅이 된 기분이기 때문이다.

페트병 수거함에 브래지어가 들어가 있었던
적이 있다. 실수로 넣은 것이 아니라 일부러
넣어놓고 당황한 나를 어디선가 몰래 지켜보며
웃고 있는 게 아닐까 하는 생각이 든다.

청소부의 일상 ⑨

쓰레기를 수거할 때 연애하는 학생들이
지나가면 눈이 부셔서 차마 쳐다보지 못할 때가
있다.

대형 폐기물을 수거할 때 짐볼을 실으면
화물칸에서 짐볼이 굴러다녀서 쌓아놓은 짐이
와르르 무너진다.

대형 폐기물을 수거할 때 유리 상자에 든 인형이
총출동하듯 줄줄이 나오면 얼마나 무서운지.

쓰레기 수거일을 잊어버렸다가 뒤늦게 허겁지겁
달려오는 사람은 귀엽지만, 가끔 자전거를 타고
쫓아오는 사람이 있다. 자전거를 타고 쫓아오는
사람도 그나마 귀엽지만, 아주 가끔 자동차로
쫓아오는 사람이 있다. 그만큼 집념이 강하다면
왜 조금 더 일찍 나오지 않았을까?

매사에 'NO!'만 말하는 외국인 청소부가 있다.
문화가 다른가 보다 하고 이해하며 경험하고
있었는데, 나중에 알고 보니 그냥 이상한
놈이었다.

청소부의 일상 ⑭

음식물 쓰레기의 물기를 빼고 신문에 싸서
내놓는 집은 분명 꼼꼼한 할머니가 부엌일을
하실 것이다.

비에 젖은 다다미 바닥재가 얼마나 무거운지,
부디 여러분도 느껴보았으면 좋겠다.

청소부의 일상 ⑯

사무소에 들어가면 흡연 구역으로 가서 벽에
기대 휴식을 취하는 버릇이 있다. 그런데 알고
보니 벽이라고 생각한 것은 거대 냉장고였다.
심지어 동물의 사체를 보관하는 냉장고일
거라고는 꿈에도 상상하지 못했다.

타지 않는 쓰레기를 수거할 때 아이들 장난감이
자주 오작동을 일으키곤 한다. 쓰레기차의
회전판에 빨려 들어갈 때 나오는 슬픈 노래는
마음이 아파 차마 듣고 있을 수 없다.

청소부의 일상 ⑱

대형 폐기물을 쌓는 방법은 테트리스 같아서
재미있다. 이쪽이 무거워져서 한쪽으로
쏠릴 테니까 저쪽에 전자레인지를 두어야
할까 보다.

아침 일찍 가부키초歌舞伎町*에서 쓰레기를 수거하다 보면 유흥업소에서 일하는 남녀가 다투는 모습을 자주 목격한다. 둘이 싸우겠다는데 뭐 딱히 말리고 싶지 않지만 쓰레기장 앞에서만큼은 싸우지 않았으면 좋겠다.

* 도쿄 신주쿠에 위치한, 음식점, 오락 시설, 영화관이 모여 있는 일본 최대의 환락가.

청소차를 운전하는 기사와 쿵짝이
잘 맞을 때는, '아, 이 일을 언제까지라도 할 수
있을 것 같다'는 생각에 잠기기도 한다.

청소부의 일상 ㉑

쓰레기장에는 청소부가 쓰레기 수거하는
모습을 멀리서 팔짱을 끼고 지켜보는
할아버지가 있다. (소름.)

규칙을 어긴 것은 아니지만, 작은 비닐봉지에
쓰레기를 넣어 잔뜩 내놓으면 허리를 몇 번이나
구부려야 하니까 힘이 든다. 그나마 개중에는
비닐봉투를 줄줄이 엮어서 내놓는 사람이
있는데 그야말로 천사가 따로 없다.

청소부의 일상 ㉓

오늘 처음 출근한 기니Guinea 사람이
"아까워라, 아이고 아까워라" 하면서 쓰레기를
수거했다.

나를 보기만 하면 늘 왕왕 짖어대는 개가 있다.

(나한테 왜 그래.)

청소부의 일상 ㉕

텐가(성인용품)를 페트병 버리는 데
버리지 말라고! 이건 타는 쓰레기라니까!

※6년 동안 세 번쯤 이런 일이 있었다.

41

청소부의 일상 ㉖

일하는 날에는 청소차와 스쳐 지나갈 때마다
손을 들어 인사하는 버릇이 있는데, 노는 날에도
버릇처럼 손이 올라가 창피했다.

청소부끼리 서로 쓰레기를 상대방에게 미루다
보면 빼놓고 수거를 못할 수도 있다. 내가
치우자고 먼저 다가가면 두 사람도 가까워진다.

43

쓰레기통에서 쓰레기를 꺼내고 나면,
그것이 쓰레기를 버리는 통인지, 그 자체가
쓰레기인지 구분하기 어렵다.

청소부의 일상 ㉙

유흥업소의 쓰레기를 수거하는데
훌라후프가 나왔다. 도대체 그 안에서 어떤
이벤트가 있었던 것일까?

타는 쓰레기 안에 꽁치 가시가 있었다.

집으로 돌아오는 길에 꽁치를 샀다.

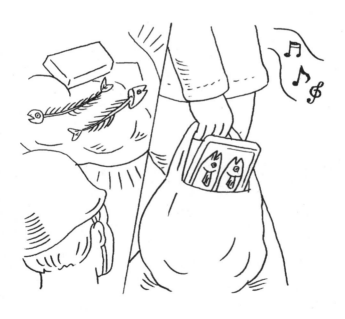

가끔 정해진 위치가 아닌 곳에 멋대로
쓰레기장을 만드는 사람이 있다. 누가
그랬는지는 직원을 포함해 아무도 모른다고
한다. 괴담 속에 나올 것 같은 쓰레기장이다.

※등록되어 있지 않은 곳은 수거하지 않아요.

청소부의 일상 ㉜

수거하지 않고 깜빡 지나친 쓰레기를 발견한
청소부는 구세주 같은 대우를 받는다.

냄비를 캔 버리는 곳에 버리면 안 된다고!

※냄비는 타지 않는 쓰레기입니다.

비즈 쿠션이 나오면 긴장한다. 청소차 회전판에
끼어 쿠션이 터지면 안에 있던 작은 구슬이
사방으로 튀어나온다. 길에 흩뿌려진 비즈는
수거가 불가능하다. 그래서 우리 업계에서는
비즈 쿠션을 폭탄이라고 부른다.

청소부의 일상 ㉟

할아버지 청소부의 발걸음이 빨라지면
초조하다. (왠지 불길한 예감이.)

안에 내용물이 담긴 채 버려지는 병은 꽤 있는 편인데, 그중 제일 많은 것이 올리브다. 모처럼 열의를 갖고 요리했지만, 그다음에는 시들해져 남은 재료를 버린 이의 모습이 눈에 떠오른다.

'지정 시간 이외에는 쓰레기 배출 금지'라고
혈서처럼 쓴 팻말을 보면, 청소부인 우리도
소름이 오싹 돋는다.

청소부의 일상 ㊳

빨간 신호등을 받고 청소차가 나란히
정지선에 서면 귀청이 째지게 서로 놀려대기
바쁘다.

페트병을 수거하고 있으면 1년에 몇 번쯤
물병이 같이 버려진 것을 본다. 화가 난다기보다
정말로 이유를 알고 싶다. 액체가 들어 있던 건
똑같으니까 물병을 페트병 버리는 날에 버린
것일까?

얏타맨*처럼 청소차에 타보고 싶었다.

---

* 애니메이션 〈이겨라 승리호〉의 주인공 소년.

※일본의 도로교통법상으로는 위법입니다.

청소부의 일상 ㊶

급기야 엄마까지 내게 전화해
분리수거에 대해 묻기 시작했다.

2

쓰레기
프로파일러

이 일을 시작하고 나서 곧바로 파쇄기를 샀다. 왜냐하면 쓰레기에는 어마어마한 개인 정보가 들어 있기 때문이다. 쓰레기는 생활의 축도라 할 만하다. 이 일을 시작하고 처음 몇 개월이 지나자 자연스레 쓰레기를 통해 사람들의 생활을 읽을 수 있었다.

일부러 쓰레기봉투를 찢거나 열어보는 짓은 하지 않지만, 수거차에 실은 쓰레기를 압착하는 회전판이 돌아가 쓰레기봉투가 찢어지면 저절로 안에서 생활의 일부가 비어져 나온다.

하루에 수백 개에 이르는 온갖 타는 쓰레기를 보고 있으면 패턴처럼 똑같은 쓰레기가 나온다. 그것이 경향이다. 경향과 다른 것이 나오면 그것은 개성이다. 6년 동안 한결같이 이런 식으로 생각했다. 이렇게 나는 되고 싶지도 않았던 쓰레기 프로파일러가 되어버리고 말았다.

우선 첫째로 드는 생각은, 대다수 사람들은 쓰레기 배출에 뒤따르는 위험에 대해 너무나도 무방비 상태라는 점이다. 휴대전화 요금 청구서, 전기 요금 청구서, 택배 송장, DM* 등을 그대로 내버린다. 그대로 버려진 쓰레기는 그 사람 것이라고 특정할 수 있다.

쓰레기 청소부에게는 물론 별 상관 없는 일이지만, 경찰이 용의자를 찾아내면 우선 쓰레기를 뒤져 생활 패턴을 분석한다고 어디선가 귀동냥을 한 적이 있다. 예를 들어 편의점 영수증을 모아 대강 이 시간대가 귀가 시간이라고 파악하는 듯하다. 영수증에는 구매 시각이 찍혀 있다.

이 글을 읽는 여러분은 물론 범죄와 무관하다고 보지만 만약 스토커가 읽는다고 생각하면 오싹할 만큼 무섭다. 설마 내게 그런 일이 생길 리 없다고 생각할지 모르지만, 스토커 같은 비정상적인 놈은 들키지 않게 행동하기 때문에 스토킹을 당하는 사람은 모르는 법이다.

쓰레기를 수거하다가 '아니, 이 쓰레기는 뭐지?' 하고 고개를 갸웃거릴 때가 아주 가끔 있다. 쓰레기봉투의 엉뚱한 부분이 찢어졌다가 다시 여며져 있다. 쓰레기를 버리는 사람이 꼼꼼한 나머지 나중에 쓰레기를 더 넣어 채우려다 보니 봉투가 단단히 묶여 있어 다른 곳을 찢었는지도 모른다.

---

* 다이렉트 메일의 머리글자. 상품을 구입할 가능성이 있음직한 개인에게 카탈로그를 우편으로 보내는 광고 방법.

나야 단순히 상상해볼 뿐이지만 나도 모르게 상상을
하게 된다는 것 자체가 오싹해서 스토커가 주인공으로
나오는 공포 소설을 써버린 것처럼 부르르 몸을 떨었다.
그러고는 당장 파쇄기를 샀다.

날아가버린 평생 친구

쓰레기에서는 인생이 느껴진다.

연인과 찍은 사진이 무더기로 버려진다.
아, 헤어졌나 보다. 또는 새 남자친구가
생겼나 보다. 현재 사귀는 사람이라면 왜
사진을 버렸는지 이해할 수 없다. 쓰레기에는 필요 없는 것,
집에 두면 불편한 것이라는 의미가 있다. 그렇기 때문에
진실은 알 수 없다 해도 어떤 이유를 품고 있기 마련이다.

스티커 사진도 자주 눈에 띈다. 회전판에 끼어 들어간
쓰레기봉투가 찢어지면서 팡 소리와 함께 스티커 사진
수십 장, 수백 장이 튀어 날아간다. 도로에 흩어진 스티커
사진을 주워 모으다가 여자아이 둘이 찍힌 사진에
'평생 친구'라고 쓰인 문구를 보고 픽 웃음을 터트리고
만다. 평생 친구의 스티커 사진을 보란 듯이 버렸다.
뭐, 그렇고 그런 거겠지. 하지만 쓰레기를 수거하면서
인간관계의 무상함을 느낄 줄은 몰랐다. 팡, 팡, 튀어
날아간 스티커 사진은 쓰레기 더미에 섞여 들어가기
전에 최후의 저항이라도 하는 듯 보였다. 입에서 절로
인생무상이라는 네 글자가 흘러나왔다.

남자의 쓰레기, 여자의 쓰레기

수거하는 쓰레기의 양이 워낙 많다
보니 언제나 머릿속으로 생각을 하면서
작업하는 것은 아니다. 다인 가정의
쓰레기는 그렇지 않지만 혼자 사는 사람의
쓰레기를 보면 대체로 남자인지 여자인지
쉽게 짐작할 수 있다.

하나마나 한 말이지만, 남성은 남성 용품을 쓰고
여성은 여성 용품을 쓴다.

리필용 토닉샴푸 대용량 포장이 나오면 대개 남성이고,
붙이는 눈썹이 나오면 여성이다. 혼자 사는 남성의
쓰레기는 컵라면이나 소고기덮밥 포장 용기가 많다.
남자들은 만화 잡지도 분리수거하지 않고 봉투에
넣어버린다. 회사 자료도 파쇄기에 넣지 않고 그대로
버린다. 과일 껍질 등은 찾아보기 힘들다.

그리고 남성은 쓰레기봉투를 꽉 채우지 않지만,
여성은 쓰레기봉투 안에 내용물을 꼭꼭 눌러 담는다.
그래도 더더욱 쓰레기봉투가 미어터질 듯이 쓰레기를
담아 내버리는 경우는 역시 구성원이 여럿인 가정의
쓰레기인데, 아무래도 사람 수가 많으니까 그럴 것이다.

남성보다 여성이 쓰레기봉투에 내용물을 그득 채우는

까닭은 여성이 상품을 더 많이 소비하고 있기 때문일 수도 있다. 남성은 주로 정해진 대로 생활에 필요한 상품만 소비하지만, 여성은 다양한 상품에 관심을 갖고 소비를 즐기는 것 같다. DM 같은 광고지를 버리는 쪽도 여성이 많다.

또 최근에 깨달은 점인데, 바쁜 여성일수록 쓰레기는 가정생활과 거리가 멀다.

어떤 쓰레기봉투에서 여성 잡지가 나왔다. 아직 멀쩡한 깨끗한 옷과 쓰다 만 화장품도 들어 있었다. 아마도 여성이 내버렸을 이 쓰레기는 어딘가 이상했다. 다른 쓰레기와 뭐가 달라서 그럴지? 의문을 거듭하다가 이런 답에 도달했다.

음식쓰레기가 전혀 없다.

다듬고 버린 채소 꼬투리는커녕 슈퍼에서 파는 장아찌나 편의점에서 살 수 있는 먹을 것의 흔적이 보이지 않았다. 이 말인즉슨 외식만 하고 집에 있는 시간이 별로 없다는 뜻이다. 또는 남자친구 집에서 반쯤 동거하는 중이라 집에는 거의 들르지 않을지도 모른다. 집에 오래 있으면 아무래도 식사를 할 수밖에 없다. 밖에서 지내는 것이 재미없으면 집에 돌아올 테고, 밖에 있어도 괴롭지 않으면 돌아오지 않을 것이다.

멀쩡한 옷을 버린다는 것은 새 옷을 자주 산다는 뜻이고, 금전적으로 궁하지 않다는 뜻이다. 쓰다 만 화장품도 새것이 없다면 버릴 리 없다. 피부에 맞지 않는다든지 지겨워져서 버렸다면 소비를 즐기고 있다는 증거다.

그 밖에도 머리핀이나 헤어스프레이 등 원래는 타지 않는 쓰레기로 내버려야 하는 것이 쓰레기봉투에 들어 있었다. 어떤 사람인지, 얼마나 생활에 충실한지는 알 수 없지만, 쓰레기 배출에는 건성이고 허랑한 여자라고 생각하면서 타지 않는 쓰레기는 딱 분리해서 지정 박스에 두고 왔다.

고릿적 기억을 끄집어내본다.

내가 이십 대일 때 자칭 가정적이라고
자처하는 어느 화려한 여성이 집에서
전골 파티를 열었다. 집안일은 참 할 만한
것이라고 말하는 그 아이 집에는 조미료가
하나도 없었다. 자기 말로는 가정적인 성격이라는데
조미료는커녕 냉장고에 술 말고는 아무것도 들어 있지
않았다. 그렇다면 이 집은 일시적으로 빌린 위클리맨션
같은 것이냐고 물었더니, 집에 있는 시간이 거의 없으니까
자긴 아무것도 필요 없다고 말했다. "난, 보기보다
가정적이야" 하고 말한 바로 그 입으로 기가 죽기는커녕
당당하게 대답했다. 마치 빵이 없으면 과자를 먹으면 되지
않느냐고 하명하신 마리 앙투아네트의 어조와 똑 닮았다고
다들 수군거렸다. 자칭 가정적이라고 밝힌 그 아이가
다 마신 빈 맥주 캔이나 술병을 타는 쓰레기 쪽에 픽픽
던져버리던 모습이 생각났다.

이런 모습을 요새 버전으로 바꾸어 묘사하면, 바깥에
나가서는 인스타그램에 올릴 만한 사진을 찍어 SNS에
뿌린다. 그러면 귀엽다든가 예쁘다는 댓글이 달리고,
잘 보이려는 남자가 '좋아요'를 누르고, 사람들이 부럽다고

호들갑을 떨며 모여든다. 그러나 실생활의 보이지 않는 곳에서는 쓰레기를 분리수거하지 않는 불성실하고 개념이 없는 사람인 줄 누가 알랴.

작업의 피로를 떨쳐버리려고 괜히 멋대로 공상을 부풀리면서 세토우치 자쿠초瀨戶內寂聽*의 "멋쟁이 여성은 청소를 잘 못한다고 보면 대체로 틀리지 않다"는 말을 떠올린다. 뭐, 그렇다고 한들 상관은 없다. 모든 사람이 다 거기에 들어맞지는 않을 테니까.

여하튼 쓰레기는 거짓말하지 않는다.

---

* 1922~. 일본의 소설가. 천태종 비구니. 세속의 이름은 하루미(晴美).

상상을 불러일으키는 쓰레기가 있는 한편,
세상에는 도무지 이해할 수 없는 쓰레기도
있다. 이야기를 전혀 읽어낼 수 없다.

고급 주택가의 타는 쓰레기를 회수하던
12월 중순 어느 날이었다. 묘하게 무거운
쓰레기가 나왔다. 플라스틱 양동이에서
빠져나오지 않는 쓰레기를 겨우 들어올리는 순간, '국물'
같은 것이라고 예측했다. 라멘 가게 같은 음식점이 사업소
딱지를 붙이고 내놓는 쓰레기에 이렇게 묵직한 것이
자주 있다. 그런데 이곳은 주택가다. 최고급 주택가는
아닐지언정 그래도 고급 주택가인데 집이 딱 한 채인
이곳에 술집 쓰레기 같은 게 있다는 것은 부자연스럽다.

'아이고야' 신음하면서 들어 올리려고 하는데 억지로
훅 들어 올리면 봉투가 찢어질 것 같다. 다른 사람을 불러
함께 들자고 부탁했다. 우리 둘은 플라스틱 양동이 바닥을
받치고 '하나 둘' 구령을 붙이며 양동이를 거꾸로 뒤집었다.

주ー르ー륵!

거꾸로 뒤집을 때 찢어진 봉투에서 정체 모를 무언가가
흘러나왔다. 흙빛이기도 하고 허여멀겋기도 한 물체가
점액질 액체와 함께 확 퍼져버린다.

"아니, 이건 뭐여?"

"……팽이버섯 버터구이일까요?"

"팽이버섯 버터구이?!"

"그런 냄새가 나지 않아요? 게다가 이렇게 팽이버섯이 많아요."

다른 청소부가 하는 말을 듣고서야 겨우 눈에 초점이 돌아왔다. 팽이버섯이었다. 확실히 버터향 같은 냄새도 났다.

"왜 이렇게 팽이버섯 버터구이가 대량으로……."

"그야 저도 모르지요. 대체 뭘까요? 찝찝한데요."

다른 청소부가 말한 대로 꺼림칙하다.

음식점에서 이런 쓰레기가 나왔다면 그런가 보다 하겠다. 아니, 그렇더라도 좀 이상하다. 치킨 전문점이 있는 것처럼 팽이버섯 전문점이 있다면야 그럴 수도 있을지 모른다. 오늘은 손님이 없어서 아까워도 버릴 수밖에 없지만, 내일은 신선한 팽이버섯을 사서 열심히 장사하자고 새로 마음가짐을 고치기라도 한 것일까. 30리터짜리 쓰레기봉투 한가득 팽이버섯 버터구이가 잔뜩 들어 있었다. 이 정도 양이라면 팽이버섯 버터구이 전문점을 운영하기에는 좀 부족할지 모른다. 하루를 버티기 위해서는 어쩌면 좀 더 많은 양이 필요할 것

같았다. 혹은 어느 정도 매상을 올린 다음 남은 것을
폐기했을 수도 있다. 이 집의 주인은 팽이버섯 버터구이
전문점 주인인데 틀림없이 뭔가 이유가 있어서 대량의
팽이버섯 버터구이를 집으로 갖고 돌아와 가정 쓰레기로
냈을 것이다. 그렇다, 분명히 그럴 것이라고 생각하다가
문득 정신을 차렸다.

　'팽이버섯 버터구이 전문점이 뭐냐? 제 정신이냐?'

　그런 가게는 본 적이 없다. 눈앞에 떡하니 나타난 사물이
너무나 현실감 제로였기 때문에 두뇌 속 사고 회로도
잠시 현실을 떠나버렸다. 정체를 전혀 알 수 없다.
12월 중순이라는 시기를 감안하면 크리스마스 파티를
벌써 했을 리도 없고, 할로윈 파티도 아닐 것이다. 팽이버섯
버터구이로 잔칫상을 차린다는 말도 들어본 적이 없다.

　홈 파티를 벌인 뒤에 온갖 쓰레기가 나오는 거야
이해할 수 있다. 그런데 팽이버섯 버터구이만 먹은 파티가
있다면, 틀림없이 입 밖으로 낼 수 없는, 절대 누설하면
안 되는 비밀 파티일 것이다.

　결국 다른 청소부와 둘이서 부자들의 짓거리는 정말이지
알 수 없다고 결론을 내렸다.

대량으로 버린 쓰레기 중에는 이런 것도 있었다.

노후화가 꽤 진행된 어떤 호젓한 아파트 단지였다. 사람이 별로 살지 않는다는 사실은 쓰레기 양으로 짐작할 수 있다. 아마 지금 살고 있는 사람들이 전부 떠나면 아파트를 철거할 것이다. 쩍쩍 금 간 벽에는 보수용 하얀 시멘트가 덕지덕지 발려 있었다.

그날은 타지 않는 쓰레기를 수거하는 날이었다. 아파트 단지의 쓰레기장에는 규칙성이 있어서 리듬을 타며 속속 타지 않는 쓰레기를 수거해나갔다. 청소차 뒤편으로 쓰레기봉투를 척척 넣고 있을 때 팡팡, 파르륵파르륵 소리가 들렸다. 타지 않는 쓰레기는 대개 그런 소리를 내지만, 그때는 어쩐지 쓰레기봉투가 튀어나가는 것이 보였다. 육감이었는지도 모른다.

가보니 갖가지 모양의 바이브레이터가 대량으로 떨어져 있었다. 커다란 것, 자그마한 것, 두꺼운 것 등등 불규칙한 모양의 성인 용품이 스무 개쯤 흩어졌다. 눈을 의심했다. 어른의 장난감치고는 물건이 꽤 풍부하게 모여 있다.

확실히 젊은이들이 사는 동네는 아닌데······. 설마 타지 않는 쓰레기를 수거하면서 노인의 특성에 대해서까지 생각이 미칠 줄은 몰랐다. 아니, 그전에 쓰레기를 버린 방식부터 괴이쩍다. 던지면 금방이라도 찢어지는 비닐봉지에 이런 것을 넣어 버리다니, 무신경한 정도가 지나치다. 이런 것은 될수록 보이지 않게 버리는 것이 바람직하지 않느냐고 툴툴거렸다. 굳이 버리려면 비닐봉지를 몇 겹으로 싸서 버렸으면 좋았을 것을…….

그리고 양도 문제다. 도대체 무엇 때문에 바이브레이터가 그렇게 많이 필요했을까? 수행? 도라도 닦았을까? 하필이면 왜 이제야 버렸을까? 수행이 끝나서? 그러면 깨달음을 얻었다는 뜻인데, 무슨 깨달음? 아니, 그럴 리 없다.

그렇다면 이거다. 피규어를 모으는 수집 취미가 생겼는데 그러다가 뭐든 수집 자체에 의미를 두게 되었을 것이다. 그런데 어떻게 모았을까? 가게에 직접 가서 사지는 않았을 것이다. 그렇다면 인터넷 쇼핑으로 주문? 그렇다면 꽤 젊은 성향인 편이다. 남자든 여자든 낯선 분야를 익힐 때 19금 소재가 장애를 극복하는 원동력이 된다는 점만큼은 수긍이 간다. 그렇지만 그렇게 애써서 모은 것을 왜 모조리 버렸을까? 아깝지 않나?

이렇게 쓰는 동안 깨달음이 왔다. 그렇다. 임종 준비다. 죽고 나서 유품으로 대량의 성인 용품이 나오면 마음 편히 죽을 수 없다고 생각한 것은 아닐까? 나야 그저 소설을 쓸 뿐이지만.

　아무튼 쓰레기를 통해 또 인생을 느낀다.

어느 날 다키자와 씨 월요일

오늘은 아내에게 쓰레기 분리수거를 가르쳤다.
청소부가 되기 전에는 쓰레기 분리수거를
제대로 하라고 아내에게 잔소리를 들었건만,
지금은 반대가 되었다.

3

거짓에
희롱당하는
나날

전국의 청소부 누구나 의견이 일치할 일이고, 만약 전부 모인다면 입을 모아 합창까지 할 만한 안건이 있다. 다만 겉으로 표 나게 말할 수 없는 일이기 때문에 다소 주제넘지만 내가 대표로 나서서 말해보겠다.

거짓으로 불만을 제기하지 말아주었으면 좋겠다. 정말이지 진저리가 난다…… 진심으로 부탁하고 싶다.

물론 어떤 기분인지는 이해하고말고요. 누구든지 음식쓰레기가 들어가 있는 타는 쓰레기를 집 안에 두고 싶지 않을 겁니다. 쓰레기를 깜빡 잊고 내놓지 않았는데도 저절로 없어져버린다면 속이 다 후련하겠지요. 여름에는 날파리가 끓고 바퀴벌레도 생기니까요. 또 고약한 냄새가 난다는 것까지 고려하면 거짓말이라도 해서 가져가주기를 바라는 심정은 충분히 알겠습니다. 충분히 알겠는데, 청소 업체 사무실에 전화를 걸어 호통을 치는 일은 좀 심하지 않습니까? 그런 전화를 받으면 청소부는 가슴이 내려앉는다고요.

"다키자와 씨, 저기 ○번지 ○○ 씨네 쓰레기가 그냥 있다는데, 어떻게 된 거야? 수거했어?"

"예, 그 집은 언제나 10시 전후에 들러서 치우는데요."

"그렇지, 수거했지? 그런데 전화를 걸어서 화를 내는군. 아침 일찍 내놓았는데 자기 집 쓰레기만 가져가지 않았다고 말이야. 뭐, 거의 울부짖는데?"

"울부짖는다고요?"

"그렇다니까. 귀가 찢어지는 줄 알았다고."

"정말이에요?"

"유감스럽지만 그랬어."

이런 말을 들으면 어쩔 도리가 없다. 환갑이 내일모레인 어른이 수화기 저쪽에서 부들부들 떨고 있다. 이럴 때 호통으로 받아칠 만큼 냉혹한 인간으로 자라지 않은 탓에 대꾸하고 싶은 말을 꿀꺽 삼킨다. 일단 작업을 중단하고 청소차를 몰고 그 집으로 가는 수밖에 없다.

중간에 운전수 그리고 다른 청소부와 셋이서 "그 골목은 확실하게 수거했잖아? 그렇지? 왼쪽이니까 내 담당인데, 확실히 수거했다고 생각해" 이렇게 확인을 거듭하면서 현장에 도착했다.

그러자 이게 웬일? 그 골목에 있는 쓰레기장에는 쓰레기가 하나도 남아 있지 않은데, 전화를 걸어 화를 낸

집의 쓰레기만 나와 있다.

"제기랄, 나중에 내놓았잖아."

"맞아. 이렇게 눈에 띄는 곳에 쓰레기가 있는데 이것만 수거하지 않을 리 없잖아?"

"내가 똑똑하게 기억한다고요. 아침에 여기에는 아무것도 없었어요."

다들 투덜거리면서도 쓰레기를 수거한 다음, 업체 사무소에 전화로 보고한다.

"역시 나중에 내놓은 거야?"

"예, 틀림없이 수거한 뒤에 내놓았어요."

어떻게 이렇게까지 확신을 품고 말할 수 있느냐 하면, 청소부는 누구라도 모든 쓰레기장을 알고 있기 때문이다. 거짓말 같은 얘기지만, 우리의 두뇌는 쓰레기장을 보면 이곳 쓰레기를 수거했는지 아닌지 머릿속에 또렷하게 떠올릴 수 있게 되어 있다.

타는 쓰레기라면 매주 두 번(예를 들면 월요일과 화요일) 동일한 코스를 따라 쓰레기를 수거하고 있기 때문에 싫어도 쓰레기장을 모조리 외우기 마련이다. 쓰레기를 수거하면서 무의식적으로 다음 쓰레기장을 생각할 정도이기 때문에 혹시 다른 생각을 하더라도 저절로 다음 쓰레기장으로 향할 만큼 아예 몸에 배어 있다.

  물론 청소부도 인간이니까 쓰레기를 깜빡 잊고 수거하지
않을 때도 있다. 쓰레기가 사각지대에 놓여 있을 때 보지
못하거나 똑같은 플라스틱 양동이가 나란히 놓여 있어서
이미 수거한 줄 착각하고 건너뛸 때도 있다.

  그럴 때 항의 전화를 받고 출동해 보면, '오늘 깜빡
잊어버렸구나. 정말 죄송하다'는 마음이 든다. 그리고
이곳은 건너뛸 염려가 있는 곳이니까 다음부터는
조심하자고 명심한다. 이런 일을 매주 두 번씩 반복하고
있다.

  주소를 듣는다고 해서 어딘지 금방 떠올릴 정도는
아니더라도, 쓰레기장을 보면 쓰레기를 수거하는
나 자신의 모습이 선명하게 떠오를 만큼 수거 작업이
몸속 깊이 새겨져 있다.

개중에는 쓰레기의 진실을 '기운'으로 알 수
있다는 청소부도 있다. 진짜인지 아닌지
알 수 없지만, 아침부터 놓아둔 쓰레기와
몰래 살짝 갖다 둔 쓰레기는 내뿜는 '기운'이
다르다고 한다. 아침부터 놓아둔 쓰레기는 듬직한 기운이
서려 있고, 방금 살짝 내놓은 쓰레기는 죄송하다는 듯
그곳에 있다는 것이다. 그 순간 웃음보가 터질 뻔했지만,
아주 터무니없는 소리라고 생각하지는 않았다. 왜냐하면
나도 쓰레기 청소에 완전히 도가 텄기 때문이다.

나중에 살짝 내놓은 쓰레기는 어쩐지 불순하게
느껴진다. 기억에만 의존하면 '내놓았다, 아니다' 하고
결론이 나지 않기 때문에 상황을 잘 살펴서 불순한
기운이 뭔지를 짐작해본다.

매번 이런 생각에 골몰하는 것은 아니다. 하지만 예를
들어 아침부터 비가 내리는 날이었는데 10시쯤 비가
그쳤고, 오후에 항의 전화가 왔다고 하자. '아침 일찍
쓰레기를 내놓았는데 수거하지 않고 가버렸지 않느냐,
빨리 와서 가져가라'는 전화가 오면, 할 수 없이 차를
돌려 쓰레기장으로 달려간다. 그런데 그곳에서 쓰레기를
집어든 순간 불순한 기운이 감지되는 것이다.

'어라, 이게 뭐지? 이 불순한 느낌은? 아하, 그거구나. 그래, 그거야. 이 쓰레기봉투는 젖지 않았어!'

거의 10시까지 비가 내렸으니까 적어도 10시 이후에 내놓은 쓰레기일 것이다. 아침 일찍 내놓았다는 말은 거짓임을 깨닫는다. 내가 명탐정 코난도 아닌데, 추리 좀 작작 시켜라! 나는 이미 늙어버린 두뇌에 겉모습도 아저씨란 말이다. 적당히 합시다.

투명 망토라도 걸쳤어?

이런 일도 있었다.

그날은 대형 폐기물을 수거하는 차에 올라탔다. 대형 폐기물은 하루에 대개 80건에서 100건(지역이나 시기에 따라 다르다) 가량이다. 사전에 신청하고 딱지를 붙여 놓으면, 자택 앞으로 가서 수거한다. 이 일을 하루에 약 100건 해내야 한다. 따라서 대형 폐기물은 담당자가 전날부터 지도를 들여다보고 동선을 어떻게 짜야 효율적으로 쓰레기를 회수할 수 있을지 고민하며 지도에 노선을 표시해둔다.

수거를 신청한 사람이 대형 폐기물을 전날이나 당일 아침까지 내놓아주면 수월하게 수거할 수 있지만, 가끔은 잊어버리는 사람이 있다. 뭐, 그야 그럴 수도 있다. 전화로 신청해놓고 며칠이 지났으니까 잊어버렸다고 한들 이해 못 할 것도 없다. 자주 있는 일이다.

대형 폐기물이 나와 있지 않으면 초인종을 누르고, 집주인이 없으면 전화를 건다. 부재중일 때는 물건이 없어서 수거할 수 없었다는 통지서를 우편함에 넣고, 다음 수거 장소로 떠난다.

얼마쯤 시간이 지나면 전화가 울린다.

"아침에 진즉 내놓았다고 하는데?"

"아, 그 집이요? 세 사람이 같이 확인했기 때문에
틀림없어요. 어디에도 러닝머신은 없었다고요."

"그렇겠지. 그렇게 커다란 물건을 못 보고 지나칠 리
없겠지? 하지만 하도 호통을 치니까 말이야. 미안하지만
다시 들러주겠나?"

"호통을 쳤다고요?"

다시 가보면 마치 처음부터 여기에 있었다는 듯
당당하게 시치미를 뚝 떼고 휘파람이라도 부는 모습으로
러닝머신이 넉살좋게 서 있는 것이다. 얄밉기 짝이 없다.
이렇게 덩치가 큰 물건이 놓여 있었다면 금방 알았겠지.
원숭이가 아니라 이 몸이 수거하러 갔단 말이다! 세 사람이
수거하러 갔는데 세 명 다 못 볼 리가 없잖아.

투명 망토라도 걸쳤어? 도라에몽의 투명 망토를 걸치고
있었는데 그새 망토가 바람에 날아갔다고 하면 나도
납득은 해주겠다. 그런데 그렇다면 도라에몽이 나와야
하지 않겠어?! 아니, 도라에몽도 나왔다고 치자. 그렇다면
왜 투명 망토를 걸쳤던 거냐? 도대체 무슨 의도로?
앞으로도 투명 망토를 걸칠 거냐? 가끔 그럴 거라면 얼마나
가끔 그럴 거냐? 왜 당신네 도라에몽은 이렇게 못돼

처먹었느냐? 내가 꼭 확인해줄 테니까 기다려라!

이렇게 떨쳐낼 길 없는 분노를 가라앉히기 위해 스스로 말도 안 되는 수수께끼라도 내지 않으면 이 일을 계속 해나갈 수 없다. 오늘도 해냈다.

쓰레기를 늦게 내놓으면 왜 곤란한가 하면, 수거가 늦어지는 만큼 귀가가 늦어지기 때문이다.

내가 수거해야만 하는 구역은 결코 좁은 편이 아니다. 관할 지역의 맨 끝에 있는 집이 쓰레기를 나중에 내놓았다고 하자. 그때 반대쪽 끝에 있는 집 쓰레기를 수거하는 중이라면 작업을 중단하고 수거하러 가는 데 20분에서 30분이 걸린다. 왕복하면 40분에서 1시간이 걸리는 셈이다.

따라서 쓰레기를 절대로 빼먹지 않고 수거하도록 작업자 두 사람이 함께 확인하고, 운전수도 "이 플라스틱 양동이에 있는 것은 버린 거야?" 하고 일부러 물어보는 등 세심하게 살펴본 다음 현장을 떠난다. 한 사람이 실수하면 다른 두 사람이 손해를 보기 때문에 일부러 손가락으로 신호를 주고받고 입으로 소리 내어 확인하며 주의하고 또 주의한다. 그래도 불안하면 되돌아가 다시 확인할 때도 있다.

이토록 신중에 또 신중을 기해 수거를 빼먹은 쓰레기가 나오지 않도록, 그래서 오늘 하루를 무사히 보내도록 세 사람이 힘을 모아 작업하고 있는데, '아이쿠, 늦잠을

자고 말았네. 아침에 쓰레기를 내다 놓았는데 가져가지 않았다고 거짓말을 해야겠다'고? 그래서 항의 전화를 한 거라면 참으려야 참을 수 없다.

우리의 실수라면 주민들에게 죄송하다고 솔직하게 말할 수 있다. 그러나 거짓으로 불평한 것이라면 문제가 커진다. "유치원에서 내가 아이를 데려오겠다고 약속했는데 예상보다 일이 늦어졌다고 연락해야겠군……." 어느 날인가 운전수가 이렇게 중얼거리는 것을 듣고 얼마나 마음이 짠했는지 모른다. 나도 같은 이유로 코미디 라이브 방송에 늦은 적이 있다.

음식물 쓰레기라 해도 다시 가지러 가기 번거로운데, 심지어 박스를 수거하러 오라는 사람도 있다. 막상 가보면 달랑 페트병 두 개인 적도 있었다. 그건 좀 놔둔다고 썩는 것도 아니잖아? 다음에 수거해가도 괜찮잖아? 그때 백미러에 비친 내 얼굴을 봤더니 벌레 씹은 표정을 짓고 있었다.

"언제나 10시에 오더니 오늘은 9시 50분에 수거해 가버렸지, 뭐요? 좀 봐주시오." 이런 사람도 있다.

아니, 저기 말이죠, 쓰레기는 원래 8시까지 내놓으셔야 하거든요. 죄송하지만 저야말로 봐달라고 빌고 싶습니다.

고개를 숙이면 수거하러 가지 않아도 될까요? 그러면 얼마든지 고개를 숙이겠습니다. 좀 봐달라고 손바닥을 비비면 될까요? 그러면 연기가 날 때까지, 아니 불꽃이 튈 때까지 손바닥을 비비겠습니다. 펑펑 울면 될까요? 그러면 눈물로 호수가 생길 때까지 울겠습니다. 저 호수는 다키자와의 눈물로 생긴 전설의 다키자와 호수라고 대대로 전해질 때까지 울겠다고요.

그러니까 제발 아침 8시까지 부탁합니다. 죄송하지만 거짓 항의 전화는 반드시 들키고 맙니다. 더 부탁했다가는 정말 손바닥에 불이 날 것 같으니까 이 정도에서 부탁을 들어주시길…….

4

사건입니다!

앞에서는 그래도 이유가 있는 불만 이야기였지만, 이제부터는 도대체 알 수 없는 불가사의한 이야기 시리즈가 될 것 같다. 도저히 이해할 수도 없고, 앞뒤도 맞지 않고, 도리라고는 찾아볼 수도 없고, 어떤 음침함까지 느껴지는 불만과 항의에 대해 6년 동안 선배 청소부들에게 귀가 아프도록 전해 들었다. 그중에서 인상에 남은 미스터리를 소개하고자 한다.

우선 처음에는 '표변한 아줌마' 이야기다.

그 아줌마는 친절했다고 한다. 언제나 쓰레기장에 나와 쓰레기차를 기다렸다가 "고마워서 어떡해요" 하는 말로 청소부를 맞아주었다고 한다. 또 수거 작업이 끝나면 웃는 얼굴로 "오늘 날씨 더운데 수고해요" 하고 격려의 말을 해주었다고 한다. 선배 청소부도 '참 기분 좋은 말을 해주시는 분이구나!' 하고 마음속으로 고마워했다. 그러던 어느 날, 그 아줌마의 태도가 돌변했다.

"언제나 미안해서 어떡해요."

"별 말씀을요. 일이니까 괜찮아요."

선배 청소부가 미소로 대답하자 아줌마가 귓속말을 하려는 듯 얼굴을 가까이 대고 귓가에 속삭였다.

"미안하지만 이것 좀 가져가줄래요?"

뭔가 들어 있는 비닐봉지를 쨍그랑거리며 내밀었다.
흘깃 봤더니 깡통이 가득 들어 있었다.

"죄송해요. 이 쓰레기차는 타는 쓰레기를 수거하는
중이라 깡통은 가져갈 수 없어요."

선배 청소부는 손바닥을 마주 대고 미안하다는 포즈를
취했다. 그때 아줌마의 표정은 평생 잊을 수 없다고 한다.
거절당한 것이 꽤 충격적이었는지 입술을 바르르 떨었고,
흰머리가 섞인 앞머리 사이로는 눈물을 흘리는 듯한
모습까지 엿보였다. 그러나 아무리 그런 표정을 지어도
어쩔 수 없다. 가져갈 수 없는 것은 가져갈 수 없다.

"음, 그러니까 이 동네는 깡통을 금요……"

"똑같은 쓰레기차잖아!"

대낮을 가르는 초로의 여자 목소리는 아스팔트에
사정없이 내리꽂혀 새가 날아 올라갔다든가 날아 올라가지
못했다든가…….

선배 청소부가 눈앞에서 본 아줌마의 변신은 꿈이
아닐까 착각할 만큼 무서웠고, 마치 그렘린*에게 물을

---

* 스티븐 스필버그가 기획한 크리스마스 가족 공포 영화
〈그렘린(Gremlins)〉에 나오는 환상 동물. 신비한 생명체

뿌린 것 같았다고 한다.

"닥치고 가져가란 말이야."

다시 내미는 깡통 쓰레기를 피하기 위해 새우처럼
팔딱 튀어 뒤로 물러난 선배는 미안하다고 사과하면서
쓰레기차에 올라타 도망쳤다고 한다. 선배 청소부는
추억을 떠올리듯 눈가에 주름을 잡으며 내게 충고했다.

"불평과 항의에 초기 대응을 제대로 하지 못하면
자칫 큰일 나는 수가 있어."

그런 일이 있은 뒤 1년 동안이나 선배 청소부는
그 아줌마에게 괴롭힘을 당했다. 그날은 요행히
도망쳤다고 하지만, 일주일에 두 번씩 타는 쓰레기를
수거하러 갈 때마다 그 아줌마를 만나야 했다.
얼굴을 마주치면 아줌마는 잠자코 작업하는 모습을
지켜본다. 그러고 나서는 자전거를 타고 따라온다.
아니, 잠깐. 따라온다고? 자전거로?

"그렇다니까. 자전거로 따라와서는 우리가 내용물을

기즈모를 키우려면 빛을 멀리하고, 물에 젖지 말고, 자정 넘어
음식을 주지 말아야 한다는 규칙을 지켜야 한다. 그러나 규칙을
어기자 심술궂은 그렘린들이 태어나 크리스마스이브에 조그만
마을을 쑥대밭으로 만든다. 이 영화로 역대 가장 사랑스러운
괴물 기즈모(그렘린)가 탄생했다.

97

수거해 간 플라스틱 양동이를 들여다보는 거야."

"엥? 정말요? 아니, 왜요?"

"제대로 수거해 갔는지 체크하는 거야. 다른 집 플라스틱 양동이를 멋대로 열어서는 들여다본다고."

"그러니까 왜요?"

"나도 모르지. 괜히 심술부리는 거 아니겠어? 제대로 수거하지 않았으면 비닐우산으로 쿡 찔러 꽂아서는 보란 듯이 '이거 수거하지 않았잖아?' 하고 소리를 고래고래 지르면서 따라오는 거야. 겨우 신문지 한 장인데 말이지. 그것도 집주인이 일부러 플라스틱 양동이 밑바닥에 깔아둔 신문지일 텐데."

나는 참신한 설정의 공포 영화 줄거리를 듣는 것 같았다. 비닐우산으로 쿡 찔러 꽂았다는 말이 뭐지? 그런 것을 보란 듯이 휘두르며 다가오는 여성이 있다면, 겁에 질려 이가 딱딱 부딪치고 말 것이다. 생각해보라. 그야말로 공포 영화 〈팔묘촌八つ墓村〉*과 별다를 바 없지 않은가. 야마자키 츠토무山崎努가 연기한 다지미 요조와 똑 닮지

---

* 노무라 요시타로 감독, 1977년도 작품. 광기에 휩쓸려 주민 32명을 몰살한 다지미 요조의 피를 이어받은 주인공 타츠야가 미신과 저주에 휩싸인 팔묘촌에서 연쇄살인과 마주하며 모험을 펼치는 이야기. 원작 소설의 한국어판은 시공사, 2006.

않았는가.

내가 그 집주인인데 우연히 집 앞에 나왔다가 그 아줌마가 자기네 플라스틱 양동이를 열어 비닐우산으로 쓰레기를 쿡 찍는 것을 본다면, 까악 소리를 지르고는 틀림없이 현관문을 걸어 잠글 것이다.

"그렇게 2~30분!"

"2~30분이요?!"

"자전거를 타고 따라오는데 얼마나 끈질긴지 몰라. 신문지 같은 것을 찾아내면 금세 청소 사무소에 전화를 걸어. 찾아내지 못하면 계속 따라오고."

"시나리오라도 써서 〈정말로 있었던 무서운 이야기〉 프로그램에 보내볼까요? 〈정·무·이〉 말이에요."

"웃어넘길 얘기가 아니야. 무려 1년 반 동안이나 계속 그랬다고. 결국 회사 측에 작업하는 쓰레기차를 바꿔 달라고 말했어. 그러고 나서야 그 일도 끝났지."

소름이 좍 끼치는 이야기다. 마귀할멈**이라면 먼 옛날, 산속 깊은 곳에 몰래 사는 줄만 알았는데,

** 원어는 야마우바(山姥). 일본 각지의 산에 산다고 알려진 요괴의 일종. 보통 인간 노파의 모습으로 아주 초라한 옷차림을 하고 있으며 나무껍질을 몸에 두르고 있기도 한다.

오늘날에는 주택가에도 나타나 비닐우산을 휘두르는구나.

수리수리 마하수리!

밑도 끝도 없이 이런 이야기를 들으면
꾸며낸 것만 같고, 거짓은 아니라도
허풍으로 부풀린 얘기라는 생각이
들 것이다. 하지만 동료들에게 들은
이야기가 결코 거짓말이 아니라고 믿는 데는 다 이유가
있다.

내가 쓰레기 청소 일에 뛰어든 지 얼마 안 되었을
때인데 조례에서 충격적인 인사말을 들은 적이 있다.
조례에서는 청소부와 운전수가 출근했는지 점검하고,
상무가 오늘 날씨가 어떤지, 또 작업 중에 주의할 점은
무엇인지 이야기한다. 상무는 어느 날 자연스럽게
이야기를 꺼냈다.

"저기, 며칠 전에도 얘기했지만 최근 들어 작업 중에
야구방망이로 뒤통수를 얻어맞은 사람이 있었습니다."

뭐, 뭐라고요? 흐억, 왜요? 왜 야구방망이로 때려요?
쓰레기를 수거할 뿐인데요? 아무런 이유도 없이
말입니까? 말다툼이라도 벌어졌나요? 아니면 다짜고짜?

그런데 놀란 사람은 나뿐이었다. 나 말고는 다들 그런
얘기는 지겹게 들었다는 듯 낯빛 하나 변하지 않았다.
나는 놀라서 탁구공 한 알만큼 공기 덩어리를 삼켜버린

것처럼 가슴이 답답했다. 휘둥그레 눈알을 굴리는 자는 역시 나뿐이었다. 나 말고는 모두 꿈쩍도 하지 않았다. 어째서? 왜 다들 그렇게 반응이 없지? 눈동자 대신 유리구슬을 박아놓았는지 도대체 감정을 읽어낼 수 없다.

이런 반응도 무섭다. 잠이 덜 깨서일까? 처음부터 아예 상무 얘기를 안 듣고 있었을까? 이렇게 충격적인 얘기를 몇 번이나 듣고 있으면 표정 없는 유리구슬 같은 눈이 되어버리는 것일까?

"우리 회사에서 벌어진 일은 아니지만, 정말로 쓰레기를 수거할 때는 무슨 일이 일어날지 모릅니다. 그러니까 작업 중에는 반드시 누구나 헬멧을 쓰세요."

아이고, 이게 그런 문제인가? 헬멧을 쓰느냐 안 쓰느냐 하는 문제냐고! 물론 헬멧을 쓰는 편이 백번 낫겠지. 하지만 얻어맞더라도 괜찮으라고 헬멧을 쓰라는 말은 좀 어불성설 아닌가! 작업 중에 어디에서 튀어나올지 모르는 깨진 조각에 다치지 않기 위해, 또는 어쩌다가 넘어지더라도 괜찮으라고 헬멧을 쓰는 거라고 생각했는데! 비록 헬멧을 쓰고 있어도 야구방망이를 휘두르는 사람이 있다면 필시 무사하지 못할 것이다.

사내들의 낮은 음성이 울린다.

"넵, 알겠습니다."

넵이라고? 아니, 다들 이해했다는 말인가? 당연한 듯 대답하기에는 방금 상무가 되게 무서운 얘기를 하지 않았어? 야구방망이로 얻어맞더라도 다치지 않게 헬멧을 착용하라고 했다고! 넵 하고 대답한다는 건, 그러니까 얻어맞지 않게 헬멧을 쓰겠다는 대답으로 들린다.

"그리고 이건, 그러니까…… 벌써 10년 전에 있었던 일이긴 한데……."

얼씨구? 또 있어? 이보다 더 심한 얘기도 있는 거야? 겁을 줄 생각이면 이미 충분히 겁을 먹었다고요. 보세요, 이렇게 바들바들 떨리는 다리는 바로 내 다리거든요.

"쓰레기 수거하다가 칼로 찔린 사건도 있었습니다."

으아아아아악!

왜? 왜 칼로 찔렸어요? 쓰레기 수거하러 지옥에 가는 것도 아니잖아요? 입구에서 "여기는 지옥 1번지, 조심해서 수거하시오!" 하고 문지기가 얘기해주면 각오라도 해두겠지만, 내가 가는 곳은 사람 사는 동네잖아요. 특수한 장소가 아니잖아요. 일상적인 곳인데 이런 사건이 벌어질 가능성이 있다고 생각하면 소름이 돋는다구요.

그러고 보니 옛날에 한 전철 역무원이 텔레비전 인터뷰에서 "매일 불특정 다수를 상대하는 직업이기 때문에, 모르는 사람이 플랫폼에 밀어 떨어뜨릴 가능성이 있는 직업이라고 가족에게 말해두었어요" 하고 말했던 장면이 떠올랐다.

내가 그런 일 당하자고 청소부가 된 건 아닌데! 역무원도 말은 그렇게 했어도, 플랫폼에 떨어져 죽으려고 그 직업을 선택한 것은 아니다. 아니, 나보고 쓰레기를 수거하다가 칼에 찔릴지도 모른다고 아내에게 이야기하라는 말인가?

"그래서 내가 한 가지 방법을 제안해주겠습니다."

상무가 헛기침을 한다.

"낌새가 수상한 사람이 있으면 우선 차 안으로 들어가십시오."

그야 그렇게 해야겠지. 도망갈 곳이 그곳밖에 없으니까.

"쫓아오는 것 같으면 음, 이런 제안은 좀 이상하지만……."

상무는 다시 헛기침을 하고 뜸을 들였다.

"올라타려는 사람을 향해 열려 있는 슬라이드 도어를 힘껏 닫아 다리를 부러뜨리세요!!"

뭐? 부러뜨리라고? 다리를? 무슨 충고가 이래?! 그렇게 일이 착착 돌아갈 리가 없잖아? 그런 걸 대체 대처법이라고 지껄이고 있나? 아니, 어떻게 그런 말을 할 수 있지? 농담하시나? 순식간에 생각대로 되는 일이냐고?

배로 끌어올린 거대한 물고기의 머리를 방망이로 후려쳐 기절시키라는 말과 마찬가지다. 초심자가 괜히 잘못했다간 물고기가 자반뒤집기를 하며 몸부림을 칠 테니까 말이다.

"넵, 잘 알겠습니다."

뭐라고? 잘 알겠다고? 지금 그렇게 대답한 거냐! 다들 잘 알겠다고 대답했느냐고! 이해했다는 말이냐? 그렇게 숨도 안 쉬고 곧장 알겠다는 대답이 잘도 나오는구나! 휘둥그레 눈알을 돌리는 건 여전히 나뿐이다. 다른 사람들은 눈동자가 초롱초롱하다. 나만 다른 공간에 내던져진 것 같았다.

오늘까지 주민 분들의 다리를 부러뜨릴 상황이 없었던 것은 다행이지만, 아무쪼록 조심해야 한다.

쓰레기 청소부 일을 시작하고 나서 갑자기 궁금증이 생겨 한동안 유튜브로 쓰레기 청소부에 관한 영상을 찾아보았다.

개중에는 기분이 나빠지는 영상도 있었다.

일부러 커다란 쓰레기를 내놓고 가져가는지 아닌지 몰래 숨어서 촬영하는 실험을 하는 내용이었다. 내가 보기에도 대형 폐기물이라고 해야 할지는 좀 애매모호한 크기였다. 화면에는 쓰레기장을 담고 촬영한 사람의 목소리만 넣었다.

"이 청소부는 가져가지 않았어요. 자, 그럼 다른 쓰레기장에 가져가 실험해볼게요. 오오, 가져갔습니다. 쓰레기를 가져갔어요! 어째서 청소부에 따라 판단을 다르게 할까요? 왜 제대로 규격을 정해놓지 않을까요?"

이 영상은 언뜻 촬영자가 정의감을 내세워 세상을 바로잡으려는 듯 보일 수도 있다. 그런데 실은 악의에 차 있다는 사실을 본인조차 깨닫지 못하고 있다는 점에서 오싹하다. 결국은 이렇게 해서 조회 수를 늘리려는 속이 빤히 들여다보여 한없는 두려움을 느꼈다.

청소부는 로봇이 아니다. 쓰레기는 인간이 수거한다. 30센티미터가 넘는 쓰레기는 대형 폐기물로 수거해야 한다는 것이 규칙이다. 백번 양보해서 28센티미터의 쓰레기를 가지고 가지 않았다고 지적한다면 그래도 이해할 수 있다. 그런데 수거해 간 것을 가지고 '갖고 갔다, 이상하다'고 지적하는 것은 세상을 뒤틀리고 번잡스럽게 만들려는 심술로밖에 여겨지지 않는다.

잘했다고 우기지는 않겠지만, 청소부도 인간이니까 그러려니 이해하고 넘어갈 때도 있다. 크기가 좀 크더라도 할머니가 내놓았을지도 모른다고 생각하면, 굳이 대형 폐기물 담당자에게 전화를 걸어 수거하라고 하는 것도 좀 까다롭게 구는 것 같으니까, 경우에 따라서는 그냥 수거해 갈 때도 있다. 로봇이라면 그렇게 사정을 고려해서 수거하는 일이 불가능하다. 인간이 아니면 할 수 없는 작업이라고 생각한다.

6년 동안 쓰레기 청소 업계에 몸담아오면서 본 바로는 설렁설렁 게으르게 일하는 청소부는 정말 한 사람도 없었다. 물론 개인마다 작업을 잘하느냐 못하느냐 하는 차이는 있지만, 누구나 빠짐없이 열심히 일한다. 이상할 정도로 다들 성실하다.

"우리 세금으로 커피를 마시다니, 대체 뭔 일이냐?"

"청소부가 라면을 먹겠다고 식당 앞에 줄을 서 있군!"

이런 것이 불만이라면 속상하다. 비록 내가 이런 말을

듣지는 않았지만 이런 항의를 받는 청소부 동료들을 보면 딱하기 짝이 없다.

열심히 일해서 번 돈을 어디에 쓰든 상관할 바 아니잖아요? 운전수 중에는 장거리 운전하는 사람도 있으니까 졸음 운전하면 안 된다고요. 라면을 먹겠다고 줄을 섰다고요? 청소부도 점심은 먹어야 한다고요. 대낮에 파친코 가게 앞에 줄을 섰다면 얘기는 좀 다를 수 있겠지요. 하지만 따뜻한 음식 정도는 먹게 해달라고요. 자기가 벌어서 쓰는 돈이잖아요.

물론 그런 인간만 있는 것은 아니다. 언제나 고맙다는 말을 해주는 할머니도 있고, 더우니까 조심하라고 격려해주는 관리인 아저씨도 있고, 고생이 많다며 손을 잡아주는 유치원 아이들도 있다. 선의로 대해주는 사람이 더 많다. 그 사람들의 말이 우리 청소부들에게 얼마나 힘이 되는지는 별로 알려져 있지 않다. 격려의 말을 들으면 사람들이 짐작하는 것보다 훨씬 더 기쁘다.
우리도 될수록 인사를 잘하려고 하는데, 여러분도 괜찮다면 인사해주면 기쁠 것 같다.

다섯 살 아이가 "나중에 어른이 되면 쓰레기 청소부가 될까?" 하고 말했다. 내가 코미디언과 청소부를 겸업하고 있으니까 어른이란 원래 두 가지 일을 해야 한다고 생각한 것이다.

5

격차를 목격하다

부자 동네 쓰레기와 가난한 동네 쓰레기

부자 동네와 그렇지 않은 곳은 쓰레기가 다르다. 물론 100퍼센트 그렇다는 말이 아니라 그런 경향이 있다는 것뿐이지만, 완전히 빗나간 이야기는 아닐 것이다.

여기에서는 두 곳에서 나오는 쓰레기의 차이에 대해 이야기하려고 하는데, 내 눈으로 직접 본 경험도 있고 아닌 것도 있다. 마치 잔멸치 더미 안에 가끔 달랑게가 섞여 있는 것처럼, 어쩌면 벼락부자가 될 수 있는 얘깃거리가 있을지도 모르니 주의 깊게 읽기 바란다.

술과 담배

부유하지 않은 동네의 쓰레기를 중심으로 먼저 이야기를 풀어보겠다.

이런 지역의 쓰레기는 술과 담배 쓰레기가 부자 동네에 비해 압도적으로 많다. 특히 1월 4일, 설날 연휴가 끝난 직후에는 한 번 수거하는 데 믿을 수 없을 만큼 많은 양의 발포주 캔이나 청주 됫병이 나온다. 정월이 아닐 때도 이런 경향은 여전하다. 마치 술이 부모의 원수라도 되는 듯 사람들은 술을 퍼마신다. 물론 부자 동네에서도 술병은 나오지만, 이렇게 극단적일 만큼은 아니다. 마치 누군가 저승 강가에 세워놓았다는 돌탑 앞에서 아버지 생각에 한 잔, 어머니 생각에 한 잔, 술을 들이켜고는 빈 깡통을 차곡차곡 쌓아 올린 것을 귀신이 뻥 차버리고 간 것처럼 심란하기 짝이 없다.

담배도 그렇다.

부촌과는 비교할 수 없을 정도로 이런 쓰레기가 눈에 띄게 많이 나온다. 머리끝까지 화가 나서 쓰레기봉투를 향해 내던진 듯 보이는 것은 내 헛된 상상일 뿐일까? 축축한 담배꽁초가 비닐봉지에 자주 붙어 있다. 담배를 많이 피우는 사람은 꽁초를 일일이 작은 봉지에 담아 버리기 귀찮은 듯하다. 재떨이에 수돗물을 부어 그대로 커다란 비닐봉투에 넣어 버리는 것만 같다.

페트병에 넣은 담배꽁초도 자주 눈에 띈다. 물을 넣은 페트병에 빈틈없이 담배꽁초를 집어넣는 것이다. 부자 동네에서는 재떨이 대신 페트병을 사용하는 사람을 찾아볼 수 없다. 게다가 이런 페트병은 웬일인지 콜라가 많이 눈에 띈다.

자주 보이는 음료 병으로는 비타민 음료 병이 떠오른다. 이것도 상당히 대량으로 나온다. 한 사람이 다 마셨으리라고는 도저히 믿을 수 없을 만큼 같은 종류의 병이 어마어마하게 나올 때가 있다. 전부 한 사람이 마셨다고 확신할 수는 없지만, 같은 아파트에 산다고 모두 같은 비타민 음료를 마신다고 생각할 수도 없다. 따라서 가까운 슈퍼마켓이나 약국이 비타민 음료를 균일가로 세일할 때 주변 일대의 주민들이 다들 같은 음료를 사는 사태가 벌어졌다고 봐야 한다. 이 지역 사람들이 일제히 마신 상황이라고 생각하면 그것도 무서운 일이지만.

사람은 누구나 자신의 의지에 따라 자유롭게 행동하는 것처럼 보이지만 과연 그럴까? 어떤 보이지 않는 힘이 작용한 탓에 어쩔 수 없이 비타민 음료를 구입했을지도 모른다. 마치 유명한 코미디언 다모리 씨가 몰래 다가와

슬쩍 얼굴을 내미는 공포 예능 프로그램처럼 말이다.

여하튼 이런 동네의 쓰레기를 수거하다 보면 육체적으로 꽤 힘든 일에 종사하든지, 악덕 기업에서 근무하는 사람이 많이 산다는 것은 쉽게 상상할 수 있다.

부촌이 아닌 동네의 쓰레기에는 또 하나의 특징이 있는데, 일부이기는 해도 쓰레기를 한꺼번에 대량으로 내놓는다는 점이다. 부자 동네에서는 그렇게 대량으로 쓰레기를 내놓는 일이 거의 없다.

페트병을 회수하는 날이었는데, 인상적이게도 70리터 봉투에 콜라(여기에서도 콜라다!) 페트병을 꽉 채운 봉투가 열다섯 개나 나온 적이 있다. 과도한 쓰레기는 규정상 수거하면 안 되기 때문에 일단 사무실에 전화로 보고해두었다. 누군가 봉투를 등에 지고 갖고 와서는 거칠게 내던진 것이 아닐까 의심이 갈 만큼 쓰레기를 난잡하게 투척했다. 어째서 페트병을 짊어지고 와서 내던졌을까 속으로 생각하다가 한 가지를 생각해내고 소름이 끼쳤다.

그것은 바로 이 쓰레기가 집 안에 있었다는 사실이다. 쓰레기장이 있던 그 아파트는 눈짐작만으로도 그리 넓어 보이지 않았다. 70리터짜리 쓰레기봉투 열다섯 개 분량의 페트병이 집 안에 있었다면, 방 안이 온통 페트병으로 가득 차 있었을 것이다. 어쩌면 페트병 사이를 헤엄치고 다닐 만큼이 아니었을까. 페트병이 얼마나 많은지, 굳이 페트병 공장으로 가져갈 필요 없이 이 자리에 페트병 공장을 차리는 편이 나을 것 같다. 이제 와서는 웃으면서 이야기할 수 있지만 그때는 정말 당황하고 말았다. 청소부도 어느 정도 계산을 하면서 쓰레기를 수거하기 마련이다. 예정에 없거나 예상을 벗어난 대량의 쓰레기가 나오면 청소차에 다 실을 수 없기 때문이다. 그건 그렇다 치고, 이 이야기의 핵심은 같은 사람이 한꺼번에 쓰레기를 엄청난 양으로 내놓았다는 사실이다.

'대량'이라는 키워드에 해당하지만 좀 특수한 예도 있었다. 바로 아이돌과 악수를 나누는 악수회 티켓이 들어 있는 CD가 그것이다. 이런 CD를 대량으로 버리는 것도 부유하지 않은 동네의 특징이다. 가끔 산더미처럼 많은 아이돌 CD가 파기되어 있었다는 뉴스가 나오는데, 청소 업계에 있으면 정말로 그런 일을 목격한다.

이런 경우는 의외로 부촌이 아니라 가난한 동네에서 벌어지곤 한다. 물건을 구입해 쌓아놓는 일은 얼핏 부자가 할 것 같기도 한데, 돈 자랑을 하느라고 마구 사들이는 이미지가 떠오르지만 실제로는 부자 동네에 그런 물건이 버려져 있는 것을 한 번도 본 적이 없다.

한편, 부자 동네에도 대량으로 내버리는 쓰레기가 있기는 있다. 바로 테니스공이다.

낡아버린 테니스공이 비닐봉지에 잔뜩 담겨 버려진 적이 있다. 그 이유는 단순 명쾌하다. 가까이에 테니스 코트가 있는 것이다. 이 동네 사람들이 그곳으로 테니스를 치러 다닌다는 것을 상상할 수 있다.

그 밖에도 대량으로 나뭇가지나 낙엽 등을 타는 쓰레기로 분류해 내놓곤 하는데, 이것은 넓은 토지를 소유하고 있다는 뜻이다. 그러나 이런 쓰레기가 나오는 건 1년에 몇 번, 또는 일정한 시기뿐이다.

부자 지역 쓰레기의 특징에 대해 좀 더 이야기하고 싶지만, 나 자신이 가난하기 때문에 잘 이해하지 못한다고 해야 솔직할 것이다. 고급 주상복합 아파트에 쓰레기를 수거하러 가면 한 번도 본 적 없는 라벨이 붙은 와인 병이 수거함에 가득 차 있다. 부자들 사이에서는 일상일지 모르지만 처음 보는 물건이 눈에 띄면 말을 잃는다.

그러고 보면 〈도라에몽〉에도 이런 에피소드가 나온다. 비실이가 노진구를 향해 "이것도 몰라? 그래서 서민은

질색이야" 하고 밉살스럽게 말한다. 부자 동네의 쓰레기를
수거하다 보면 내 모습이 마치 비실이에게 핀잔을 듣는
노진구 같다. 내가 노진구라면 한 번도 본 적 없는 와인
병을 보고 "끼이야, 도라에몽!" 하고 소리를 지를 테지만,
현재 나는 공교롭게도 청소부일 뿐이다. 입을 다물고
쓰레기를 수거할 따름!

또 부자 동네의 페트병에는 고급스러운 미네랄워터가
많다. 내가 아는 미네랄워터는 콘트렉스Contrex가
유일하다. 이 정도라면 나도 알고 있으니까 얕보지
말라고 마음속으로 으스대다가 이내 깨닫는다. 아무도
나에게 뭐라고 하지 않았다……. 물론 편의점에서
보는 미네랄워터도 있지만, '이 페트병은 뭐지? 아하,
미네랄워터구나' 하는 생소한 것도 자주 눈에 띈다.

그리고 생수통으로 쓰이는 대형 특수 페트병이 있다.
이것은 최근 들어 부자 동네가 아닌 곳에서도 조금씩
나오지만, 부자 동네에서는 이 생수통의 교환이 잦다.

또 타는 쓰레기 중에서 회전판에 들어가 찢어진 봉투
사이로 보이는 미용 관련 쓰레기도 인상적이다. '자기
자신에게 꽤나 돈을 투자하고 있구나' 하고 탄복할 만큼
패키지나 용기가 많이 나온다. 그리고 쓰레기가 깔끔하게
정돈되어 있다.

호별 수거의 특징

부자 지역의 쓰레기가 깔끔하게 정돈되어 있는 이유는 동네별 쓰레기장 수거가 아니라 각 호별 수거가 많기 때문인 듯하다.

부자 동네에는 규모가 큰 집이 많기 때문에 쓰레기장을 만들면 각 집에서 거리가 멀기도 하고 불편한 점이 있어서 호별 수거하는 곳이 많다. 호별 수거란 자기 집 앞에 놓아둔 쓰레기만 수거하는 것을 가리킨다. 작업하는 입장에서 생각하면 귀찮은 면도 있지만, 쓰레기를 내놓는 사람에게 책임감이 생긴다는 점이 호별 수거의 훌륭한 점이다. 자기 집 쓰레기라는 것이 분명하니까 쓰레기를 더럽게 내놓지 않는다.

호별로 수거하는 동네는 역시 분리수거가 잘 이루어진다. 분리수거를 하지 않고 집 앞에 쓰레기를 놓아두면 결국 자기만 곤란하다. 누구네 쓰레기인지 특정할 수 있는 탓에 파쇄할 것을 파쇄해서 내놓는 비율도 높다. 그리고 지나치게 미리 쓰레기를 내놓으면 까마귀가 헤집어놓을지도 모르기 때문에 대개 8시 직전에 내놓는다.

고만고만하게 부유한 지역에서는 청소차가 지나가는

소리가 들리면 사람들이 대문을 열고 나온다. 어수선하게 주부들이 모여들어서는 청소부에게 쓰레기봉투를 직접 건네준다. 이런 방식이 좋다 나쁘다 따질 생각은 없다. 다만 나는 이런 동네에서 본 주민들이 전부 전업주부라는 점에 놀랐던 기억이 난다. 남편이 벌어다주는 돈이 웬만하지 않으면 전업주부가 될 수 없을 테니까 말이다.

부자 동네에서는 대형 폐기물도 생활에 꼭 필요하지 않은 물건이 나온다. 건강 용품이다.

얼마 전까지는 승마 운동 기구인 '로데오보이'가 꽤 나왔다. 지금은 복부의 힘을 기르게 하는 '원더코어'가 자주 나온다. 건강 용품에도 유행이 있구나 싶다. 청소부가 되기 전에는 생각도 못 했다.

매달리는 건강 기구를 봐도 드는 생각인데, 과연 집 안에 이런 기구를 놓을 장소가 있구나 싶다. 우리 집에 이런 것이 있으면 거실에 누워서 텔레비전을 볼 수 없다. 아내가 승마 운동 기구로 운동을 하겠다고 하면, 시끄러워서 텔레비전 소리가 들리지 않아 곤란하다. 구석으로 내몰리다가 분명 베란다로 치워질 운명이다.

참고로 부자 동네가 아닌 곳에서 나오는 대형 폐기물 중에 특징적인 물건은 슬롯머신을 놓는 받침대다. 파친코를 너무 좋아해서 집에서도 하는 것일까? 부자 동네에서 이런 물건은 나오는 법이 없다.

이런저런 이야기를 길게 늘어놓았는데 슬슬 글을 맺어야겠다.

이런 예를 통찰하는 가운데 내 나름대로 몇 가지 생각이 들었다. 맨 처음으로 든 생각은 사소한 의존이 커다란 소비로 이어진다는 것이다.

기억하고 있을 것이다. 부자 지역에서는 생수통으로 쓰이는 대형 특수 페트병이 자주 나왔다는 사실 말이다. 부자들은 반드시 그렇게 해야 득이 된다는 소비 방식을 알고 있다. 확실히 계산기를 두드려보면 500밀리미터 페트병을 매번 사는 것보다 대형 용량으로 물을 사 마시는 편이 단연 이득이다. 이제 좀 짐작이 가는지?

물을 사러 편의점에 들렀을 때 500밀리리터보다 2리터들이가 가격 면에서 더 낮지 않을까 생각한 적이 있을 것이다. 500밀리리터 콜라를 열다섯 병이나 쟁여놓고 마시려면 어느 정도 비용이 든다. 계산해보면 웬만한 금액이 들어가는 소비에 해당한다.

담배, 술, 비타민 음료도 마찬가지다. 소소한 사치를 부리며 자기 자신에게 상을 주는 마음으로 그런 것을 사는 것을 그다지 대단한 쇼핑이라고는 할 수 없지만,

1년 치로 환산하면 상당한 금액이다. 부자 동네에서 이런 쓰레기가 적게 나오는 데는 이유가 있다. 건강을 지향한다는 명분 아래 자신에게 투자할 여유가 있음을 엿볼 수 있다.

대형 쓰레기에 건강 용품이 나온다는 것은 당연히 건강에 신경을 쓴다는 경향을 말해준다. 또한 부촌이 아닌 동네에 비해 담배꽁초 쓰레기가 적은 것, 부모의 원수를 때려잡듯 술을 마시지 않는 것도 비슷한 경향의 반영이다. 승마 운동 기구가 나오는 것도 운동을 하고 있다는 증거일 것이고, 미용 관련 쓰레기도 자기 투자라는 측면에 속할 것이다.

술, 담배는 나와 상관이 없다고 여기는 사람도 있을지 모르겠다. 그런데 건강을 생각해서인지 부유한 지역에서는 감자 칩 봉지나 초콜릿 상자도 그렇게 많이 나오지 않는다. 그러나 때때로 부촌이 아닌 지역에서는 커다란 쓰레기봉투가 찢어질 때 감자 칩 봉지가 튀어나올 만큼 감자 칩을 많이 먹는 사람이 있다.

부촌이 아닌 동네에서 나오는, 자기 투자와 대비되는 소비 방식을 드러내는 쓰레기 종류로는 악수회 티켓이 들어 있는 CD를 꼽을 수 있을 것이다. 타인에게 관심을 두는 투자이기 때문이다. 악수회 티켓을 꺼내고 남은

CD는 마치 국물을 내고 건져낸 멸치처럼 버려진다. 물론 본인이 원해서 구입한 것이니까 누가 뭐라고 참견할 일은 아니겠지만, CD 개수가 꽤 많기 때문에 만약 내게 그럴 돈이 있다면 점심 때 도시락을 싸오지 않아도 되겠구나 싶어 부럽기만 하다.

자기 자신에게 시선을 돌리지 않는다는 또 다른 증거는 바로 페트병의 대량 배출이다. 아마도 자기 방을 청소할 여유가 없는 것이라고 추측할 수 있다. 마음의 여유가 있을 때만 청소를 할 수 있다. 나도 생활에 쫓길 때는 청소를 자꾸만 미룬다. 어질러진 아이의 장난감을 발로 밀어내고 겨우 누워서 잠들 공간을 확보한다. 시간이 있을 때 한 번에 치우면 된다고 생각한다. 그렇게 생각하면 70리터짜리 봉투 열다섯 개에 해당하는 대량의 페트병을 방에 쌓아둔 사람은 집에 그만큼 페트병이 쌓일 때까지 마음에 여유가 없었다는 말이다.

전업주부들이 청소차 지나가는 소리를 듣고 와글와글 모여드는 것은 정반대의 경향이다. 쓰레기를 깨끗하게 내놓는 일에 우리처럼 돈 없는 사람은 차마 신경을 쓰지 못한다.

다키자와 청소부의 결론은 이렇다.

부자는 마음에 여유가 있기 때문에 자기 자신에게 눈을

돌리고 자기 투자를 한다. 자기 투자가 바로 자질구레한 소비를 억제한다고 말해도 그리 틀리지 않을 것이다. 그렇지 않은 사람은 그 반대다!

어이쿠, 아직 안 했어요!

청소부 형한테 인사했어?

후배 연예인이 내가 안 보는 곳에서
'청소부 형'이라고 불렀다.

6

쓰레기 청소부의 추천 동네

더러운 곳은 치안이 나쁘다

청소부로서 깨달은 점을 트위터에 〈쓰레기 청소부의 일상〉이라는 제목으로 매일 중얼거리고 있다. 내가 올린 트윗 중에 가장 반응이 뜨거웠던 것은 다음과 같다.

"치안이 안 좋은 지역의 쓰레기장은 이상할 만큼 더럽다. 다른 곳으로 이사할 때 나는 쓰레기장을 본다."

"그 말 정말이야?", "왠지 알 것 같기는 해", "우리 동네 쓰레기장은 더러운데 괜찮을까?", "술에 취해 쓰레기장에서 잠든 적이 있었는데, 일어나지 않으면 수거해주나?" 등 아저씨 연예인이고 젊고 가난한 연예인이고 할 것 없이 뜻밖의 반응을 보여 놀랐다. 마지막으로 질문한 사람에게는 "물론 쓰레기 취급해서 수거해 가니까 조심해" 하고 거짓말을 해서 부들부들 떨게 만든 기억이 있다.

그 농담을 제외하고는 청소부로서 지극히 당연한 말을 했을 뿐이다. 그런데 청소 업계와 무관한 사람들에게는 그 나름대로 신선한 정보였던 듯하다. 오호, 그렇다면 쓰레기 청소부의 입장에서 살기 좋은 곳을 한번 생각해봄직도 하겠다는 생각이 들었다.

131

물론 살기 좋은 곳이란 자신이 놓인 환경이나 나이에 따라 변하기 때문에 일괄해서 말할 수는 없지만, 생활에 밀접한 이야기를 '청소부'의 눈높이에서 이야기해보고 싶다.

이사할 때 부동산에서 먼저 몇몇 매물을 소개받고 실제로 이사 갈 집을 방문하는 사람이 많을 것이다. 그럴 때 그 동네 쓰레기장을 둘러보기를 권한다. 깨끗하게 쓰레기장을 사용하는 곳이라면 인근에 사는 사람들이 제대로 규칙을 지키며 생활하고 있을 가능성이 높다.

청소부는 보통 쓰레기를 수거하는 날 다른 종류의 쓰레기가 나와 있으면 쓰레기차에 싣지 않고 그냥 놓아둔다. 쓰레기 남아 있거나 깡통과 병만 놓여 있다는 것은 수거할 수 없는 쓰레기를 내놓았다는 뜻이다. 다시 말해 누군가 규칙을 지키지 않고 쓰레기를 내놓은 것이다. 그것은 단지 쓰레기 배출 규칙을 지키지 않았다는 얘기에 그치지 않는다. 하나의 규칙을 어기는 사람은 다른 규칙도 어길 가능성이 있다고 본다.

예전 학생 시절에 살았던 아파트의 이웃 사람은 남을 전혀 개의치 않고 음악을 광광 크게 틀어놓거나 심야에 술판을 벌이는, 이른바 자기 멋대로 막 나가는 주민이었다. 그런데 분명 그 사람이 내놓았으리라 짐작 가는 쓰레기에 '수거 불가능'이라는 딱지가 붙어 쓰레기장에 방치되어 있었다. 규칙을 몰라서 그러는 것이라면 어쩔 수 없지만, 애당초 규칙 따위는 신경 쓰지 않겠다는 사람도 세상에는 실제로 존재하기 때문에 눈알이 튀어나온다.

그래서 쓰레기장은 그곳에 어떤 사람들이 살고 있는지를 알 수 있는 하나의 척도가 된다. 관리인이 관리하는 경우를 제외하고, 쓰레기장을 깨끗하게 사용한다는 것은 서로 규칙을 잘 지키게끔 하는 '눈'이 존재한다는 뜻이다.

쓰레기장을 돌아다니다 보면 때때로 청소 사무소가 붙여놓은 팻말이 아니라 손글씨로 '정해진 시간 이외에 쓰레기 배출 금지'라고 협박 문구처럼 꾹꾹 눌러쓴 팻말을 발견하곤 한다. 이렇게 따끔하게 일갈하며 군기를 잡는 사람이 있다면 다른 규칙 위반(소음 등)에도 서로 더 조심하게 되리라고 생각한다.

이사 갈 곳 근처를 걸어 다녀보았는데 주변의 쓰레기장이 깨끗한 상태라면, 아마도 각 쓰레기장마다 집단적으로 쓰레기 당번제를 정해놓고 담당자가 책임지고 정리하고 있다고 짐작할 수 있다. 그런 지역에 거주하는 사람이라면 쓰레기봉투에 타는 쓰레기와 타지 않는 쓰레기를 마구 섞어 넣어버리려는 생각은 하지 않는다. 보통 사람이라면 담당자의 얼굴을 떠올리고 '저 집 사람은 쓰레기 분리수거도 제대로 못하느냐'는 비난을 받을지도 모른다는 생각에 쓰레기를 잘 분리하여 배출할 것이다.

쓰레기 당번을 둘러싸고 대화가 이루어지면 자연스레 어느 집에 누가 사는지도 알게 되고, 이웃 사이에 인사를 주고받는다. 이런 동네는 이웃 사람들과 소통하고 싶지 않은 사람에게는 추천하기 어렵다.

그런데 오늘날 어린이를 표적 삼아 벌어지는 범행의 원인은 대부분 지역 커뮤니티의 관계성 상실이라는 인식이 벌써 오래 전부터 자리 잡고 있다. 이런 곳이라면 이웃 사람들이 서로 잘 알고 있기 때문에 저 아이는 뉘 집 아이라든지, 오늘도 씩씩하게 잘 뛰어놀고 있다든지,

굳이 말을 걸지 않아도 지켜보는 '눈'이 있기 마련이다. 가족 단위로 사는 사람들에게는 이런 동네를 추천한다.

반대로 앞에서도 말했지만 쓰레기장이 더러운 곳은 이웃 사람들의 '눈'이 별로 기능하지 않는다. 쓰레기장이 더러워도 누구 하나 치우려고 하지 않고 신경도 쓰지 않는다. 100퍼센트까지는 아니더라도 치안이 좋지 않다고 알려진 지역의 쓰레기장은 더러운 곳이 많다.

치안이 나쁘다고 알려진 장소는 보통 선호되지 않는다. 사정을 모르고 이사를 갔다면 어쩔 수 없지만, 알고 있는데도 이사 오는 사람이라면 뭔가 나름의 이유가 있을 것이다.

그런 곳은 다른 사람과 접촉하지 않고 지낼 수 있기 때문에 결과적으로 자기만의 규칙으로 생활할 수 있다는 게 장점으로 작용할 수 있다. 그런데 개인주의적인 사람이 많으면 자연스레 쓰레기장은 더러워지기 마련이다. 더러운 쓰레기를 보면 자기도 약간 더러운들 어떠랴 하는 생각이 들기 쉽다. 깨끗한 곳은 더러워지기 어렵다.

그곳을 지나가는 사람도 지저분한 쓰레기장을 보면 쓰레기를 버리는 곳으로 취급하기 때문에 깡통이나 편의점에서 파는 치킨의 뼈 등을 던져 그곳에 버린다. 그러면 쓰레기 배출 방식도 점점 느슨해지는 악순환에 빠진다.

앞에서 말한 내용을 트위터에 올렸을 때 이런 반응이
나왔다.

"나는 부동산 중개업에 종사하고 있는데, 이사 오기
전에 가까운 편의점의 쓰레기통을 보라고 권합니다.
쓰레기통이 가정집 쓰레기로 가득 채워져 있는 곳은 그리
예절을 잘 지키는 지역이 아닙니다."

이 이야기를 듣고 나는 '그렇고말고, 맞는 얘기야.
역시 그랬구나. 선배님이셔!' 하고 격렬하게 동의했다.
'부동산 업계에서도 그랬구나!' 하고 괜히 감동하는
동시에 내 생각이 맞았다는 확신이 들었다.

자기만 편하면 그만이라는 사고방식은 쓰레기를
내놓는 일에서도 고스란히 나타난다.

아파트나 맨션에 입주할 계획이 있다면
그 건물의 쓰레기통을 보는 것도 좋을지
모른다. 동네 사람들이 어떤 사람이고
관리인이 제대로 관리하고 있는지를
알 수 있기 때문이다. 이를테면 이웃과 다툼이 생겼을 때
관리인이 중재를 해줄지 안 해줄지 가늠해볼 수도 있다.

어떤 쓰레기통이 안 좋을까?

쓰레기장과 마찬가지로 바닥에 타지 않는 쓰레기가
떨어져 있거나 깡통, 병, 페트병이 봉투에 담겨 있지 않은
상태로 방치되어 있는 너저분한 상태라면 좋지 않다.
그것은 분리수거하지 않은 쓰레기를 청소부가 그냥
두고 갈 수밖에 없었다고 판단할 수 있다. 더구나
쓰레기들이 쌓여 있는데도 관리하는 사람이 아무도 없다는
증거이기도 하다.

함께 쓰는 공간에 전깃불이 나가도 연락을 하지 않으면
교체해주지 않을지도 모른다. 한마디로 관리의 손길이
닿지 않는 주택이다.

다음은 쓰레기 자체에 관해 이야기해보겠다. 어떤 쓰레기를 내놓았는가에 따라 알 수 있는 게 있다.

예를 들어 골판지 상자가 그렇다.

한번은 수거하러 가보니 같은 종류의 골판지 상자가 나와 있었다. 별로 유명하지 않은 기업의 상자가 잔뜩 있었다. 이게 뭘까 싶어 나중에 알아보았더니 피라미드식 다단계 판매 회사라고 일컬어지는 회사의 상자였다.

어째서 특정 지역에서 그런 회사의 상자가 다량으로 나왔을까. 곤란한 문제가 있어 그곳에 살도록 지시를 받았는지, 라이프스타일이 같은 사람들끼리 모여 살아야 회의하기 쉬워서인지, 진상은 오리무중이다. 거주하는 것만으로는 피해를 입는 일이 없을 테지만, 이웃과 어울려 살면서 좋은 일까진 바라지 않는다 해도 괜히 얄궂은 일이 생길지도 모른다.

이것은 쓰레기로밖에 알 수 없는 정보일 것이다.

살충제와
비닐봉지

살충제 쓰레기가 마구잡이로 나오는 지역이 있다. 한두 집이 아니라 주변 일대에서 살충제 포장재나 빈 캔이 많이 나온다는 말은 그 동네에 바퀴벌레가 유난히 많다는 뜻이다.

이것도 쓰레기가 아니면 알 수 없는 정보다.

내가 분석해본 바로는, 낡은 민가가 많은 하천가에 그런 경향이 나타나는 것 같다. 그런 지역에 이사하려는 사람이 있다면 '타지 않는 쓰레기'를 한번 살펴보라고 권하고 싶다.

반대로 좋은 정보를 얻으려면 슈퍼의 비닐봉지를 보는 것이 좋다.

독불장군처럼 한 군데 슈퍼의 봉지밖에 내놓지 않는 지역이 있다. 살펴보건대 단연 그 슈퍼가 편리할 뿐 아니라 가격이 저렴하다. 게다가 같은 슈퍼의 봉지가 많이 나온다는 것을 보아 그곳의 비닐봉지가 무료라고 추측할 수 있다. 슈퍼의 비닐봉지에 쓰레기를 내놓아도 된다면, 굳이 쓰레기봉투를 살 필요가 없다. 물건값도 싼데 봉지는 공짜다. 무엇보다 물건이 저렴한 슈퍼가 가까이 있으면 마음이 든든하다.

쓰레기를 내놓는 시간에 맞추어 조사해야 하기 때문에 품은 들지 모르지만, 임대는 그렇다 치고 집을 매입하는 경우라면 그 정도 발품은 파는 게 좋다고 생각한다.

이사를 결심하기 전에 오전 중 시간을 내어 근처를 한번 둘러보기를 권한다.

청소차를 타보면 가끔 차단기가 내려간 철도 건널목과 마주칠 때가 있다. 몇몇 장소는 어딘지 알고 있으니까 운전기사는 될수록 그 시간대를 피해서 다닐 수 있지만, 쓰레기 수거 순서에 따라 아무래도 지나칠 수밖에 없을 때도 있다. 심한 경우에는 20분이나 기다려야 하는데, 자전거를 타고 기다리는 사람의 표정을 살펴보면 한결같이 폭발하기 직전의 이즈미야 시게루* 얼굴 같다. 안절부절못하는 모습이 손에 잡힐 듯하다.

가끔 당하는 일이라 우리는 어쩔 수 없지만, 그곳에 사는 사람들은 매일 겪는 일이기 때문에 이런 철도 건널목이 없는지 확인해두는 편이 좋을 것이다.

철도 건널목뿐 아니라 아이들이 다니는 길 중에 좁은 길은 없는지도 살펴봐야 한다. 청소차는 좁은 길도 지나간다. 그럴 때 초등학생이 가드레일도 없는 좁을 길을 걸어가는 것을 보면 걱정스럽다. 청소차 운전기사는

---

* 일본의 싱어송라이터이자 배우.

전문가이기 때문에 세심한 주의를 기울이며 안전하게 서행하지만, 이렇게 좁은 도로를 서행하다 보면 믿을 수 없을 만큼 위험하게 운전하는 차를 목격할 때도 있다. 자녀가 있다면 아이들이 걸어다니는 시간에 통학로를 걸어볼 필요가 있다.

그리고 또 하나, 가까운 공원도 둘러보아야 한다. 아이들이 놀기에 안전한지 아닌지 보기 위해서만이 아니라 동네 사람들의 품위를 알 수 있기 때문이다.

나는 직업 특성상 그날그날 공원에서 도시락을 먹는다. 그러면 쓰레기장에 있었던 손글씨 팻말이 세워진 곳이 있다. 혹시 이런 글귀를 본 적이 있지 않은가.

'화단을 망가뜨리지 말 것.'

'쓰레기를 버리지 말 것.'

'불꽃놀이 금지.'

'벤치에서 노숙하지 말 것.'

이런 간판이 많이 있다면, 그곳을 잘 보살피는 사람들이 이용하고 있다는 말이다. 쓰레기장과 같이 좁은 범위에서도 규칙을 위반하는 사람은 손글씨 팻말을 설치한 사람이 주의를 줄 수 있지만, 공원처럼 불특정 다수가 이용하는 장소는 말로 주의를 주기 어렵다.

벤치에서 조용히 맥주를 마시는 것까지는 뭐라고 할 수

없겠다(그래도 빈 캔이나 담배꽁초를 처리하지 않은 것은 공중도덕 위반이다). 하지만 맥주 캔을 그냥 두고 가거나 담배꽁초를 버리고 가는 것을 보면, 젊은이들이 심야에 공원에서 왁자지껄 술을 마시는 모습을 예상할 수 있다.

다키자와 부동산, 아니 다키자와 청소부가 정리해보자면 다음과 같다.

① 쓰레기장을 살펴볼 것
② 쓰레기의 내용을 살펴볼 것
③ 편의점을 확인할 것
④ 오전 중에 근방을 걸어볼 것
⑤ 공원을 둘러볼 것

7

쇠퇴기
청소년의
상품제

기본적으로 바깥에서 일을 하면 계절의 변화를 민감하게 느끼는데, 쓰레기 청소부라는 직업은 계절의 풍광이 얼마나 아름다운지, 그야말로 지겨울 정도로 충분히 감상할 수 있는 유일무이한 직업이 아닐까 한다.

간판을 들고 서 있는 아르바이트도 경험한 나는 내 나름대로 일본의 사계절을 음미해왔다. 또 코미디 공연 때문에 전국 각지를 돌아다니며 야외에서 이벤트를 열 때에도 덥고 추운 환경을 예민하게 느낄 수 있었다. 그러나 그것은 애들 장난에 불과했을 뿐, 진정한 의미에서 자연과 대결하는 일이 어떠한지를 이전에는 전혀 이해하지 못했다.

"다키자와 씨, 말씀을 그렇게 하시지만 여름과 겨울이 아니면 편하게 일하고 계신 것이 아닌가요?" 이렇게 반문하는 사람도 있을지 모른다. 말할 나위도 없이 부드러운 공기에는 기분이 좋아지고, 숨 막히는 열기 속에서 일할 때 가을을 알리는 바람이 뺨을 스치면 나도 모르게 기쁨이 솟아오른다. 그러나 햇빛은 그늘이 있기 때문에 밝게 느껴진다는 사실이 안에서 일하는 사람에게는 크게 와닿지 않을 것이다.

봄부터 이야기해보자.

　제일 주의해야 할 것은 쐐기벌레다.

이 다키자와 청소부도 몇 번이나 그놈에게

　괴롭힘을 당했다.

　물론 최선을 다해 조심하지만, 그놈이 잠복하는 능력은

닌자와 겨룰 만하지 않을까 싶을 만큼 탁월하다.

　그놈의 표적이 되어 팔을 물리면 온몸에 독이 퍼지는

모양이다. 따갑고 가려운 반점이 등에까지 우툴두툴

잔뜩 생긴다. 마치 명란젓을 붙여놓은 것처럼 온몸의

피부가 붉게 부어오른다. 긁으면 피투성이가 되기 때문에

가능하면 만지지 않으려고 하지만, 가려움을 참는

일이 지옥을 견디는 듯하다. 중세 유럽에 이런 고문이

있었을지도 모른다.

　특히 가려운 곳은 두 팔이다. 피부가 약한 곳을 독은

잘 알고 있는 것 같다. 물론 피부과에 가서 약을 타 오는데,

밤중에는 약효가 다하는지 잠에서 깨 뒤척일 만큼 가렵다.

나는 아아아 괴성을 지르고 만다.

　그놈에게는 몇 번을 물려도 면역이 생기지 않고, 매번

물릴 때마다 쓰라림과 가려움이 새롭기만 하다. 따라서

나는 벚나무 아래에 가면 최대한 조심하고, 동백나무와

산다화 근처에 가면 심한 공포를 느낀다. 벚나무 아래 시체가 묻혀 있다 해도 별로 개의치 않는다. 그러나 벚나무 위에 쐐기가 있으면 부들부들 몸이 떨린다.

이놈의 오싹한 기술은 더 있다. 그놈들은 기어 다니기만 할 뿐이다. 다시 말해 수거하는 골판지 상자 위를 그놈들은 단지 기어갈 뿐인데, 그 자리에 가루 또는 가시 같은 것을 떨어뜨린다. 그것을 만지기만 해도 벌레를 직접 만지는 것과 똑같은 피해를 입는다. 이놈에게 당하는 패턴은 대체로 가루 또는 가시 쪽이다. 청소복 위를 직접 기어 다닌 적은 몇 차례밖에 없지만, 이놈은 모습과 형태를 드러내지 않은 채 잽싸게 피부를 쏘아버린다.

벌레에 물린 경우 당황해서는 안 된다. 당황해서 움직이면 가루가 더 퍼져서 피해가 심해지기 때문에 무조건 참아야 한다. 그때 나는 "이 일부 영토는 내주겠다. 그러나 더는 무슨 일이 있어도 사수하리라" 하며 마치 지휘관이라도 된 양 혼자 중얼거린다.

이렇게 6년이 지난 지금도 유효한 수단을 발견하지 못해서 가려운 데를 긁지 못한 느낌이다. 이래저래 가렵다.

사막의
여름

계절은 바뀌어 여름이 된다.

여름도 쐐기가 대량 발생하는 시기라서
더 할 말은 없다.

간단하게 조금만 부언하면, 여름은 식물이 한때의
헤이케* 일문처럼 번영하기 때문에 나뭇가지와 잎사귀
쓰레기가 많다. 끈으로 묶어 내놓으면 끈을 들어 올려
가져가면 되지만, 그렇지 않으면 기요미즈데라清水寺**에서
뛰어내리겠다는 마음가짐으로 비장하게 수거한다.

그러나 이런 이야기는 일단 옆으로 밀어놓기로 하고,
쐐기 이야기로 여름을 끝낼 생각은 없다. 여기에서
그만둔다면 좀 이상한 사람이 되어버린다. 여름에 관해
피할 수 없는 이야기는 역시 폭염이다.

최근 몇 년 동안 더위는 더욱 기승을 부린다.
흐린 날씨에는 흐린 만큼 찌는 듯한 습기가 몰려와

---

* 다이라(平)라는 성을 가진 가문을 가리키는데, 13세기
일본의 문학 작품으로 『헤이케 이야기(平家物語)』가 유명하다.
** 교토의 오토와산(音羽山) 중턱 절벽 위에 위치한 사원이다.
'죽기 아니면 살기라는 심정으로 과감히 일을 해본다'는 뜻으로
'기요미즈 무대에서 뛰어내린다(清水の舞台から飛び降りる)'는
속담이 있다.

증기 사우나에 들어간 것 같다. 방심하면 일사병에 걸린다. 아니, 매일 가벼운 일사병에 걸리는 것 같다. 아무리 최대한 조심한다고 해도 언제나 머리가 살짝 지끈지끈 아프다.

더위가 더 심각한 이유는 중장비 때문이다.

땀을 많이 흘리기 때문에 750밀리리터 물통에 얼음을 가득 채워 들고 다니다가 음료수가 떨어지자마자 보충한다. 소금 사탕을 입 안에서 녹이고 있으면 입 안이 들척지근해지기 때문에 알루미늄 호일에 소금을 싸서 들고 다니다가 조금이라도 두통이 생기면 혀로 슬쩍 핥아먹는다. 공복도 위험하기 때문에 말린 매실장아찌를 갖고 다닌다. 차가운 물에 적신 수건으로 머리통을 싸매고 사무소에서 출발한다.

이 정도 준비하지 않으면 몸에 이상을 느낀다. 목숨이 걸려 있기 때문에 아무리 철저하게 준비한다고 해도 과하지 않다. 매년 몇 명은 일사병으로 쓰러지는 것을 가까이에서 보기 때문에 아무리 누가 뒤통수에 대고 손가락질을 하든, 엄살떤다고 조롱하든, 준비에 만사를 기한다. 당연하다.

걷기만 해도 숨이 막히는 날씨에 쓰레기를 수거하면서 달린다. 도로는 직사광선에 달궈져 열기를 내뿜기 때문에 정신을 차려보면 나도 모르게 턱을 쳐들고 하늘을 보고 있다. 도시의 여름은 양달이든 응달이든 온도가 별반 다르지 않아 도망칠 곳이 없다.

가끔은 신기루도 보인다. 곁눈으로 할머니 주민이 보여서 고개를 돌려 눈을 맞춘다. 잘 주무셨느냐는 인사를 하려고 고개를 숙이고 인사를 올린 다음 머리를 들어보면 아무도 없을 때가 있다.

도시에 있는데 마치 사막에 있는 듯한 기분을 맛본다.

땀은 물로 변한다. 마신 물이 그대로 밖으로 흘러나오는 것이 아닐까 의심할 만큼 줄줄 흘러내린다. 신기하게도 일을 시작할 때 흘린 땀과는 달리 땀 냄새가 전혀 나지 않는다. 이런 단계에 들어오면 소금을 날름 핥는다. 수분을 보충하라고들 말하지만 갈증을 제일 잘 풀어주는 것은 스포츠드링크나 차가운 주스가 아니다. 소금이 제일 즉효가 있고 몸을 움직이게 해준다.

적도 부근 아프리카 출신의 청소부가 도쿄의 여름 나기는 힘들다고 말한다. 그만큼 일본의 여름은 어디에 뒤지지 않을 더위라고 생각한다.

번식의 가을

다들 가을은 별로 이야기할 것이 없지 않느냐고 여길지 모르겠는데, 가을에도 가을 나름대로 드라마가 있다.

분명 여름처럼 목숨을 거는 일은 없어진다. 늦은 더위는 결국 늦은 더위에 불과하다. 때로 선선한 바람이 불어오면 그만큼 다행으로 여긴다.

그러나 위험은 도처에 도사리고 있다. 바야흐로 말벌이 번식의 계절을 맞이하기 때문이다. 번식기가 되면 신경이 날카로워진다.

쓰레기를 수거할 뿐인데 집요하게 따라오는 말벌이 있다. 나도 모르게 말벌의 신경을 거슬렸는지 모르겠지만, 너희 집 따위에는 관심이 없다고 말해주어도 애당초 일본어를 알아듣는 상대가 아니다.

심지어 한 쓰레기장에서 나를 점찍고 다음 쓰레기장까지 따라올 때가 있다.

"내가 꽃이라고 착각하는 건가? 무턱대고 아무 데나 화풀이를 하는 건가? 상사가 명령이라도 내린 건가? 시험 삼아 찔러보는 건가? 침묵으로 항의하는 것은 제발 그만!" 이렇게 절규하면서 이리저리 도망 다닌다. 어쨌든 말벌이 무슨 생각을 하는지 알 수 없으니까 참 난처하다.

왕성하게 번식을 시작하는 생물이 또 있다. 쥐다. 쥐는 봄에도 번식하지만 요전에 덤벼든 시기는 가을이었다.

하수도와 이어지는 물 마시는 곳이 있고 그 위를 쓰레기장으로 만든 어떤 아파트가 있었는데, 쓰레기장에는 쥐 가족이 살고 있었다. 아니, 가족인지 아닌지는 모르겠는데 여하튼 쥐가 몇 마리 있었다는 것은 확실하다.

그들에게는 절호의 식탁이었을 것이다. 집 위로 인간이 계속 밥을 날라다주었기 때문에 만약 쥐들이 발행하는 《쥐 노동자 도쿄판》 같은 신문이 있으면 '살기 좋은 하수도 넘버 원' 같은 기사가 났을지도 모른다.

그들이 보기에 우리 청소부는 자기들 밥을 치워버리는 악독한 놈이다. 쥐에게 쓰레기 수거는 그야말로 아닌 밤중에 홍두깨다. 왜 그러느냐는 물음이 들려오는 듯하다. 일주일에 두 번 가져가니까 이젠 그러려니 하렴!

어찌 되었든 일반적인 쥐라면 인간을 보고 도망가겠지만, 이곳 쥐들은 나 잡아봐라 하는 듯이 바지 안으로 뛰어 들어와 유니폼을 붙잡고 놓아주지 않는다. 우리 밥을 가져가지 말라고 소리라도 지르는 것일까? 아버지 쥐가 며느리 쥐와 아들 쥐에게 모범을 보이고 싶었을까? 내가 넓적다리를 툭툭 차면 그때서야 떨어져

나간다. 쥐가 붙잡은 감각이 아직도 넓적다리에 남아 있다.

가을은 뭐니 뭐니 해도 수확의 계절이다. 뾰족한 바늘로 덮인 밤송이가 우리를 기다리고 있다.

가을이 되면 아주 드물게 밤송이가 가득 담긴 쓰레기봉투가 타는 쓰레기 더미 안에 묻혀 있다. 차라리 많이 있으면 자연스레 조심해서 수거하게 되지만, 정말 가끔씩 섞여 있으면 다치기 쉽다.

타는 쓰레기를 수거할 작정으로 리듬에 맞추어 봉투를 집어 들면 어마어마한 밤송이가 나에게 칼을 겨눈다. 말 그대로 칼이다. 마치 러시안룰렛 같다. 러시안룰렛처럼 총알이 하나 섞여 있다고 가르쳐주기라도 하면 다행이지만, 그놈들은 지뢰처럼 숨죽이고 숨어 있다. '지금 찌를까? 지금 찌를까?' 대기하고 있는 모습은 마치 참을성 있게 조준하는 저격수 같다. 전문 킬러란 과연 이런 모습이라고 가르쳐준다.

가을은 가을대로 일이 많지 않은가.

새하얀 겨울

여름도 대단하지만 겨울도 만만치 않은 강적이다.

동장군이라는 말이 있을 만큼 간혹 살갗으로 장군님을 느낄 때가 있다. 무엇보다도 눈이 그렇다. 어릴 적에는 눈이 쌓이면 깡총깡총 뛰어다녔지만 이 다키자와는 현재 마흔두 살이다. 한마디로 비명이 절로 나온다.

눈이 내리면 무엇이 가장 힘든가 하면, 뛸 수 없다는 점이다. 이른 아침 시간에는 아무도 눈을 밟지 않은 상태이기 때문에 그나마 발걸음을 옮길 수 있다. 스포츠 선수가 모래언덕에서 질주 훈련하는 장면을 떠올려주면 짐작하기 쉬울 것이다. 아니, 모래밭이 낫다. 눈길은 미끄럽다. 그리고 춥다. 게다가 끝이 없다.

그리고 문제는 하얀 비닐봉지가 보이지 않는다는 점이다. 허풍도 작작 떨라고 할지도 모르겠지만, 정말로 보이지 않는다.

타는 쓰레기라면 쓰레기 자체가 커다랗기 때문에 파묻혀 있는 경우가 적고 눈에도 잘 띄지만, 페트병을 슈퍼의 비닐봉지에 넣어 내놓는 지역은 눈과 봉지가 섞여 눈에 힘을 주지 않으면 쓰레기인지 아닌지 분간하기 어렵다. 이럴 때는 손으로 눈을 파헤치고 쓰레기를 찾아야한다. 그런 날에도 쓰레기 수거 작업을 가차 없이 해내야한다.

문제는 추위가 아니다. 눈을 헤집을 때마다 손등에 전기 충격을 가하는 것처럼 통증이 지나간다. 손등의 아픔은 뇌에 직접 작용한다. 뇌마저도 부들부들 떨리기 때문에 눈앞이 흐릿해진다. "페트병아, 너 어디에 있니?" 하고 말을 걸어도 페트병은 대답하지 않는다. 어쩔 수 없이 어림짐작으로 눈을 헤친다. 거기에 있으면 다행이지만, 아무것도 나오지 않는 헛손질이라도 할 때에는 대패질이라고 하는 듯 정신이 깎여나가는 것 같다. 인간의 정신력 역시 소모되는 물리적인 것일 뿐, 잃어버리면 아무것도 할 수 없다는 것을 깨달았다.

추위, 미끄러짐보다 더 무서운 것이 있다. 바로 끝나지 않는다는 것이다. 평상시라면 30초 만에 수거할 수 있는 쓰레기장이 3분 걸렸다고 치자. 그런 곳이 100군데라면 100을 곱해야 한다.

그리고 도시의 눈은 교통망을 마비시킨다. 신칸센 도로가 꼼짝없이 움직이지 않는다. 그러면 뒷골목으로 다니면 되지 않느냐고 할지도 모르겠다. 하지만 뒤쪽 도로에 진입했는데 타이어가 끼어 움직이지 않으면 끝장이다. 뒤에서 청소차를 밀어야 하는 것이다.
몇 번이나 그런 적이 있었는데, 나 혼자 밀어봤자
프로레슬러도 아닌데 움직일 리가 없다. 근처 사람에게
좀 도와달라고 부탁해 겨우 위기를 넘겼다.

겨울은 페트병의 양이 줄기 때문에 보통 때라면
14시에는 작업이 끝나는데 그날은 19시까지 수거
작업이 이어졌다. 생각해보라, 겨울에 17시 무렵이면
어두워져서 아무것도 보이지 않는다. 낮에도 눈에 파묻혀
있는 것을 찾아내야 하는데, 깜깜한 때라면 어떨까.
보석이 나온다면 신이 나서 파헤치겠지만, 찾아봤자
쓰레기일 뿐이니 부조리도 이런 부조리가 없다.

매년 겨울의 초입에 들어서면 제발 이번에는 눈이 적게
내리라고 두 손 모아 빌고 있다.

그렇다. 사계절을 충분히 맛보고 있다.

봄에는 이삿짐을 푼 상자를 통해 새로운 생활의 희망을
엿보고, 여름에는 페트병이 많아지는 것을 보고 더운
계절을 느끼고, 가을에는 낙엽 쓰레기가 늘어 말 그대로
단풍잎을 긁어모으고, 겨울에는 파티 용품과 먹고 남은
크리스마스 케이크, 선물 포장지 같은 쓰레기가 나오기
때문에 뒤늦게나마 연말 기분을 즐길 수 있다. 그로부터
약 일주일 후 설날 연휴에는 커다란 배달용 용기가

초밥을 먹은 흔적을 짐작케 한다. 그렇게 새해를 만끽한다.

　일본의 사계절을 쓰레기를 통해 맛보는 것은 비단 청소부라는 직업뿐일지도 모른다.

나, 왔어~!

어서 와~

공교롭게도 결혼기념일이
5월 30일(쓰레기 제로의 날)이다.

8

쓰레기 청소부의 하루

쓰레기 청소부의 하루는 이르게 시작된다.
아침 5시에는 일어난다. 아니, 언제나
그런 것이 아니라 상황에 따라 변한다.
　내가 하는 작업은 수거하는 쓰레기의
종류와 현장이 매일 바뀐다. 그래서 오늘은
5시에 일어났지만 현장이 가까운 날은 6시에
일어나고, 일기예보에서 눈이 내린다고 하면 4시 반에
일어날 때도 있다. 그러니까 상황에 따라 시계 알람을
달리 맞추어놓는다.

　우리 회사의 쓰레기 청소부는 상근과 비상근으로
나뉘는데 나는 비상근에 속한다. 일주일에 정해진 코스를
매주 도는 쪽이 상근자이고, 상근자가 쉴 때 작업하는
쪽이 비상근자다. 따라서 작업 내용이 매일 달라진다.

　비상근 청소 작업은 쓰레기 청소 중에서도 상당히 힘든
부류에 속한다. 상근자가 쉬게 되면 일주일 중에서도
가장 힘든 현장에 나가야 하는 날이 많다. 어차피
휴가를 받을 바에야 편한 날보다는 힘든 날에 쉬는 편이
이득이다. 그래서 힘든 날을 일부러 골라 놀아야겠다고
노리는 인간이 있다. 그런 마음이야 이해하고도
남는다. 나도 상근자라면 분명 똑같이 행동할 것이다.

힘든 날 보란 듯이 알몸뚱이로 잠자리에서 뒹굴면 기분이 좋을 것 같다(응? 왜?).

그러나 슬프도다! 나는 비상근이기 때문에 힘든 현장을 도는 날만 일하며 살아간다. 따라서 아침밥이 중요하다.

쓰레기 청소를 막 시작했을 때는 이 일을 좀 만만하게 보았다. 오전 중에 일을 쓱싹 끝내고 점심시간이 지나면 집으로 돌아오는 이미지를 떠올렸다. 아침밥을 먹지 않아도 별일 없겠지 싶었는데, 거품을 물고 쓰러질 뻔한 적이 있었다. 실제로 입 주위에 거품이 잔뜩 묻어 있었다. 운 나쁘게도 여름에 일을 시작하기도 했지만, 일사병의 제1의 원인인 수분 부족에다가 공복에 의한 에너지 부족이라는 제2의 원인이 작용했기 때문이었다.

거품 물고 쓰러질 뻔한 다음 날부터 나는 아침밥을 제대로 챙겨먹기로 했다. 아침 5시에 시계 알람이 세 번 울리면 이불을 차고 벌떡 일어난다. 담배도 피우지 않고 벌건 눈으로 아무 말도 하지 않고 즉석 카레를 전자레인지에 넣는다. 커다란 접시에 고봉밥 두 그릇을 먹고 출근한다. 아내가 보면 미쳤는가 싶을 것이다.

그러나 이렇게 먹은 덕분에 그날부터 나는 껑충껑충 뛰어다니며 쓰레기를 수거할 수 있었다. 그 정도 먹어야 딱 좋다. 아침밥 먹고 세 시간 지난 8시에 작업을 시작하니까 점심은 일곱 시간 지나서 먹는다. 고봉밥을 먹는다 해도 과식이라고 할 수는 없다.

출근 시간은 6시 반이다. 출근하자마자 알코올 검사가 있다.

쓰레기 청소는 공공사업이기 때문에 운전기사가 아니라도 알코올 검사를 받는다. 알코올 반응이 있으면 작업하러 나갈 수 없다. 작업 현장에 나갈 수 없을뿐더러 경고를 받고 집에 돌아와야 한다.

언젠가 이런 일이 있었다. 50대 중반 아저씨가 알코올 검사에 걸려 주위 사람들까지 벌벌 떨 만큼 심하게 질책을 받고 구석에서 울상을 짓고 있었다. 그 아저씨는 나와 처음 보는 사이인데도 "걸렸네요, 흐흐" 하고 세상에서 제일 슬픈 미소를 지으며 내게 말을 걸었다. 뭐라고 대꾸를 해야 할지 몰라서 그저 고개만 숙였다. 그는 내게 말이라도 걸어서 차마 견딜 수 없는 기분을 좀 풀어보려고 했을 것이다. 나는 다시 한번 아무 말도 하지 않고 고개를 숙이기만 했다. 이 참극을 목격하고 나서부터 나는 쉬는 날 전날이 아니면 술을 마시지 않는다.

예전에 나는 "다키자와한테 보이지 않도록 술을 감춰야 해!" 하고 다들 입을 모아 외칠 만큼 술을 좋아했다. 하지만 이 일을 시작하고 나서 할복한 미시마 유키오에 비견할 만한 각오로 술을 끊고, 우걱우걱 밥을 처넣는

산적처럼 아침밥을 챙겨 먹고 있기 때문에 건강이 좋아졌다. 더구나 힘든 운동까지 한다. 일을 처음 시작했을 때는 그렇게 먹어도 눈에 띄게 살이 빠졌기 때문에 아내는 다른 사람이 들어와 산다고 생각했을 것이다.

알코올 검사가 무사히 끝나면 흡연 구역으로 간다. 만약 월요일이면 흡연 구역은 휴일에 갔다 온 경마나 파친코 이야기로 넘쳐난다. 딱히 나는 도박에 손을 대지 않지만, 이때만큼은 '도박을 했어야 하는데' 하는 생각이 들지 않을 수 없다.

"다키자와 군은 어제 뭘 샀어?"

"아, 저는 경마 안 해요."

"그래? 안 하는구나. 음, 안 하는 게 제일이지."

이렇게 말하는데 눈빛이 슬프다. 일흔 가까운 아저씨가 이토록 슬픈 표정을 짓게 할 바에야 차라리 경마 이름 하나라도 외워놓을 걸 그랬나 싶다.

다른 사람이 "어제는 망했어요" 하고 말을 걸자 70세 노인은 눈을 반짝반짝 빛내며 "뭔 얘기야? 망했다고? 뭘 샀는데? 뭐였는데?" 하고 아까와는 180도 다른 표정으로 돌변해 신나서 발을 동동 구르는 어린아이처럼 굴었다.

그때까지 나는 도박에 손을 대지 않는 것이 인생의
미덕이라고 생각했는데, 평행 우주에 갑자기 내던져진
것처럼 가치관이 어지럽게 뒤흔들렸다.

차를 배정받고 담당 운전기사를 만나면 자주 "음료수 마시겠어?" 하며 주스를 내준다. 쓰레기 청소 일을 하는 사람 중에는 친절한 사람이 많다. 뭐라도 마시라고 권하면서 찰랑찰랑 동전 소리를 내며 자판기를 가리킨다. 고마운 마음으로 얻어먹는다.

여성에게는 다들 말도 못 하게 친절하다. 이 업계에서 일하는 여성이 몇 명 있다. 그들은 만날 때마다 주스를 일고여덟 병씩 갖고 있다. 모두들 주스를 하나씩 사주는 것이다. 기본적으로 쓰레기 청소 일은 남자의 세계이기 때문에 여성은 인기가 있다. 연배도 다양한 여러 남자들이 여성에게 말을 걸고 주스를 사준다. 그야말로 진심이다. 여성이 없는 곳에서도 그녀들 이야기로 꽃을 피운다.

"음, 그 여자랑 얘기해봤어? 오늘 난 못 만났는데……."

"이제 슬슬 올 때가 되었다 싶어 일부러 작업 시간을 맞추었는데 말이야."

"뭐야, 그런 거였어?! 그럼 나도 내일부터 그래야지."

미리 말해두지만 이런 대화는 50대 아저씨들 사이에 오간 것이다. 마치 남학생들이 나누는 대화 같다. 청춘이 되돌아온 것 같은 푸릇푸릇한 긴장감이 넘친다. '아니, 가깝게 지내서 어쩌시려고요?' 이렇게 쏘아붙이는 마음속 질문은 목구멍 안으로 삼키며 다키자와는 설렘을 주체하지 못하는 아저씨들을 바라본다.

아저씨들이 대부분이기는 하지만 자기들을 한껏 떠받들어주기 때문에 그녀들은 기본적으로 생글생글 웃는다. 언제나 잘 웃으니 좋아 보인다.

남자를 만날 기회는 없지만 미팅 같은 데서 만나는 것은 싫다는 여성, 인간의 모습이기만 하면 아무래도 괜찮다는 여성에게는 쓰레기 청소 일을 해보라고 추천해도 좋을 것 같기도 하다. 그녀들은 하나같이 남자를 만날 기회가 없다고 입버릇처럼 투덜거린다.

"그렇지만 아저씨밖에 없겠죠? 그러면 떠받들어준다고 해도 하나도 기쁘지 않아요." 이렇게 말할지도 모른다. 그래도 도쿄에만 해당되는 이야기일지도 모르겠는데, 쓰레기 청소부 중에는 드물게 꽃미남처럼 잘생긴 사람이 있다.

내 주위에는 배우가 되고 싶어도 배우만으로는 먹고 살아갈 수 없기 때문에 청소 일을 하면서 연기를 병행하는 사람뿐 아니라 뮤지션, 권투 선수, 프로야구 예비 선수, 영화감독, 연예인 등이 있다. 게다가 나이는 좀 먹었어도 원래 배우 지망생이었던 사람도 있기 때문에 얼굴로만 보면 수수하게 차려입은 왕자님까지 다 모여 있다. 아마 지금까지 청소부의 얼굴을 제대로 쳐다본 적도 없겠지만, 마음먹고 바라보면 즐거울지도 모른다.

더구나 쓰레기 수거는 다이어트가 된다. 밥을 공기에 수북이 담아 먹어도 살이 쭉쭉 빠진다. 체육관에 다니면서 다이어트를 할 생각이 있으면 쓰레기 청소 일을 하는 편이 훨씬 낫다. 청소부가 되면 남자도 만나고 돈까지 벌 수 있다.

쓰레기 청소부 맞선 다이어트! 새로운 비즈니스는 안 될까? 만약 누군가 사업을 벌이면 이 다키자와도 좀 끼워주기 바란다.

그렇게 힘든 운동은 무리라고 하는 사람에게도 기쁜 소식이 있다. 요령을 익히면 설렁설렁 할 수도 있다. 하다 보니 그렇게 온 힘을 다해 달리지 않아도 된다는 것을 깨달았다.

'이 구간은 달려야 하지만 저기는 달리지 않아도 돼, 달린다고 해도 저기까지만 달리면 돼.' 나도 모르게 예측이 가능해졌고, 효율적인 쓰레기 수거 방식에 익숙해졌다.

나는 몸을 단련하기 위해 쓰레기 청소 일을 하는 것이

아니기 때문에 쉴 수 있는 곳에서는 알아서 슬슬 작업한다. 그러나 개중에는 차에 올라타는 타이밍에 일부러 차에 올라타지 않고 전속력으로 달려 운동에 매진하는 사람도 있다. 어느 쪽이든 자기 몸 상태에 맞게 힘을 조절하면 그만이다.

그런데 지금 내가 왜 이렇게 여성에게 쓰레기 청소 일을 권하고 있지? 떠오르는 대로 이런저런 이야기를 쓰는 동안 생각지도 않게 글이 길어졌다. 뜻하지 않게 필사적으로 여성을 끌어들이려는 호색한이 되어버린 것 같다. 내가 생각해도 너무 열변을 토했다.

쓰레기 분리수거는 타는 쓰레기, 타지 않는 쓰레기, 병, 캔, 페트병, 골판지 상자, 대형 폐기물로 분류되는데, 지역에 따라서는 플라스틱 쓰레기가 있고, 지방에는 낙엽도 있다는 말을 들었다. 상세한 내용은 다른 장에서 이야기하기로 하고, 여기서는 운전기사와 나눈 대화를 소개하겠다.

나는 대체로 점심밥 이야기를 한다.

온갖 지역으로 갈 기회가 많기 때문에 수거 지역 안에 맛있는 밥집이 있는지 물어본다. 그러면 과연 이곳저곳을 망라하고 다니는 프로인 만큼, 어떤 집 도시락은 어떤 반찬이 맛있고 어떤 메뉴가 가격 대비 맛이 월등한지 즉석에서 막힘없이 대답해준다.

특히 가성비를 생각해주는 점이 마음에 든다. 가격이 이 정도인데 양은 이만큼이고 맛은 이만큼이니까 이 근처에서는 최고라고 가르쳐준다. 이런 뒷골목에 도시락집이 있구나 싶은 장소에 식당이 있고 겉모습도 허름하기 짝이 없다. 사전에 정보가 없다면 결코 들어가지 않을 가게인데 안을 들여다보면 성업 중이다. 입소문을 타는 가게는 무시할 수 없다.

쓰레기 청소부에게 인기 있는 점심 메뉴 랭킹 같은 잡지를 내는 출판사가 있다면 나도 좀 끼워주기 바란다. 무엇이든 가리지 않고 일하고 싶다.

지금은 아이 둘을 기르느라 절약해야 하니까 도시락을 싸 들고 다니지만, 코미디언으로 인기를 얻어 행운의 돈이 들어온다면 다시 한번 여러 식당을 돌아다니며 돈을 내고 점심밥을 사 먹고 싶다. 요즘은 아저씨에게 얻어들은 맛있는 반찬을 상상하면서 하얀 쌀밥을 우걱우걱 욱여넣는 나날이다. 참고 견뎌야 한다.

내가 먹는 점심밥은 쓰레기 청소부도 놀라는 빠르동*
도시락이다. 외국인이 내 도시락을 보면 '빠르동?'
하며 내 얼굴을 다시 쳐다볼 것이기 때문이다. 빠르동 도시락이라고 이름 붙인 내 도시락은 기본적으로 커다란 밀폐 용기에 쌀밥을 가득 넣고 그 위에 매실장아찌를 얹은 것이다. 거기에 따로 들고 간 1회분 개별 포장에 담긴 가다랑어 포를 얹어 뜨거운 물에 말아 먹는다. 간단하게 말해 물에 말아 먹는 오차즈케** 비슷하다. 어쨌든

---

* 프랑스어 pardon에서 빌려온 말. '다시 한번
말해주시겠어요?'라는 뜻이다.
** 녹차에 밥을 말아 김이나 매실장아찌 등 고명을 올려 먹는
일본 가정식.

에너지만 보충하면 그만이다.

청소 사무소에서 점심을 먹을 때는 대개 이렇게 먹는다. 그런데 언젠가 청소부들이 웅성거리며 나를 둘러싸고 주위로 모여든 적이 있었다.

"매일 이렇게 먹어?"

"저녁밥은 잘 먹겠지?"

"자발적으로?"

"다키자와 군은 먹는다기보다는 마시는구나?"

좋게 봐주면 다행이지만 걱정이 드나 보다. 점심밥을 먹는 것만으로 썰렁해질 줄은 몰랐다. 그다음부터는 도시락을 안 보이게 감추면서 밥을 먹는다.

쓰레기 국물을 뒤집어써도 꿈쩍도 하지 않는 어떤 아저씨 청소부가 내 도시락을 보고 동요했다. 쓰레기 국물이란 청소차 안에서 압축한 쓰레기에서 흘러나오는 액체를 말한다. 쓰레기가 청소차 안에 가득 차면 액체가 밖으로 뿜어져 나온다. 묻으면 냄새가 계속 나기 때문에 무척 주의한다. 그러나 뜻하지 않게 쓰레기 국물을 뒤집어쓸 때가 있다. 그럴 때 나는 "으악, 뒤집어썼어! 이럴 수가! 재수 없어!" 하고 비명을 지르지만, 그 아저씨 청소부는 얼굴에 쓰레기 국물이 튀어도 눈 하나 깜짝하지 않는다. 좀 민망하더라도 "쓰레기 국물을 마셔버렸네!

으하하핫" 하고 웃어넘기는 배짱 두둑한 사나이다. 그런데 그토록 강인한 아저씨가 내 도시락을 보고 동요하는 것을 보면 어지간히 충격적이었던 듯싶다. 앞으로도 계속 도시락을 숨기면서 먹어야겠다고 마음먹는다.

오전 작업이 끝나고 점심밥을 먹으면 오후 작업이 남는다. 이르면 오후 1시 반에 끝나지만, 늦으면 오후 4~5시에 끝난다. 수거 내용에 따라 귀가 시간이 달라진다. 일찍 끝나든 늦게 끝나든 월급은 똑같다. 그러니까 빨리 끝내는 편이 좋다.

몸이 피곤하다는 생각보다는 '하아, 아직도 끝이 안 나는구나' 하고 탄식한다. 작업이 전부 끝나면 내일은 작업이 빨리 끝나는 현장으로 가면 좋겠다고 생각한다. 일이 빨리 끝나는 날이면 내일도 일찍 끝나는 현장으로 갔으면 좋겠다고 마치 주문을 외듯 혼잣말을 한다.

그런 생각에 잠겨 있으면 운전기사가 다시 "뭐 좀 마실래?" 하고 자판기를 가리킨다.

"마셔도 될까요?"

"물론이지, 늦게까지 수고가 많잖아. 넌더리 내지 말고 이 차에 또 타라고. 타기 싫다는 말은 하지 말아줘."

"안 그래요. 또 신세 져야죠."

나는 캔 커피 꼭지를 쥐고 톡 딴다.

쓰레기 청소 일을 하는 사람들은 친절하다. 내가 마음 편하게 있을 곳을 마련해준다. 여기에 내가 있을 곳을 만들어준 사람들이 있기 때문에 나는 아직도 코미디언 활동을 그나마 계속해나갈 수 있다. 따라서 작업이 길어진다고 입을 내밀고 불평할 수는 없다.

작업이 끝난 뒤 마시는 커피는 끝내주게 맛있다. 온몸에 확 퍼지는 느낌이다. 오늘 밤도 술을 마시지 않고 저녁만 먹고 나서 잠자리에 들 것이다. 일단 회사로 돌아가 소매치기하듯 월급봉투를 낚아채서는 곧바로 집으로 돌아와 큰대자로 누워 쉬고 싶다.

이런 생활을 6년 동안 이어오고 있다.

9

유쾌한

동료들

"연예인이라면서? 그러면 3년 이내에 쓰레기 청소부를 그만둘 수 있도록 노력하라고. 3년 넘게 일하면 '쓰레기 청소부 얼굴'로 변해버리니까 말이야."

내가 청소 업계에 발을 들여놓았을 무렵에 청소부 선배가 해준 말이다. 선배라고 하지만 환갑을 넘긴 베테랑 중에서도 베테랑이다. 쓰레기 청소 업계의 스승이라고 불러도 지나치지 않는 분이다. 덧붙여 이분은 겸업으로 배우로 활동 중이다. 활발한 현역으로서 자기가 하고 싶은 1인극을 정기적으로 무대에 올리는 한편, 딸 둘을 키워낸 초인적인 아빠다.

막 일하기 시작한 나는 '쓰레기 청소부 얼굴이라니? 그런 것이 있기는 할까? 잘 모르겠다'는 생각이 들었다. 그분은 이어서 이렇게 말했다.

"오랫동안 이 세계에 몸담고 있으면서 이런저런 놈들을 봐왔어. 그런데 다들 갈수록 그냥 흠뻑 몸을 담그고 말더라고. 처음에는 여기에서 벗어나려고 분투하지만, 먹고살 만해지면 '뭐 이런 생활도 괜찮지' 하고 적당하게 타협하더군. '뭐, 괜찮지' 하는 날이 하루하루 쌓여서 '쓰레기 청소부' 특유의 얼굴이 되어버리는 거야."

그때는 뭐라고 대꾸해야 좋을지 몰랐기 때문에 "여기를
벗어나기 위해서 열심히 일할게요" 하고 그 자리를
모면했다. 그러나 선배란 앞서서 길을 걸어간 만큼 만물의
이치를 알고 있다. 나는 쓰레기 청소부가 된 지 만 6년이
되었다.

'흐음, 적당하게 타협하고 있네요. 6년이나 되었다니요.
흐르는 물결에 몸을 맡겨버리면 마음 편하게 둥실둥실
떠내려가는 것처럼, 물에 빠져 죽지도 않고 말입니다.
히죽거리면서, 게으름도 피우지 않고…….'

인터넷에 빠져 있으면 어느덧 이렇게 시간이
지나가버렸는가 싶은 순간이 찾아와 화들짝 놀라곤 한다.
그에 비유하면 이해하기 쉽지 않을까. 그런 식으로 6년이
지나간 것이다. 아이고, 빠르기도 하지. 서른여섯에 시작해
올해 마흔둘이 되었다.

이 세계에는 나처럼 다른 일을 하면서 쓰레기 청소 일에
종사하는 사람이 꽤 많다. 아까도 말이 나왔지만 배우,
밴드 뮤지션, DJ, 코미디언, 성우, 영화감독, 권투 선수,
시나리오 작가, 술집을 차리려는 사람, 국가 자격증을
취득하고 싶은 사람 등 이곳에는 다양한 사람이 있다.
각각 목표는 달라도, 목표를 향해 나아가기 위해서는 당장

먹고살기 위한 돈을 확보해야만 굶어 죽지 않는다는 점은 공통적이다. 전기세를 내야 전기가 끊기지 않고, 집세를 내야 쫓겨나지 않는다. 우리의 세상살이는 야박하고 팍팍하다.

각자의 꿈을 이루기 위해 몸부림치는 이 세계에서 나는 6년 동안 온갖 사람들을 만났다. 최근에 쓰레기 청소부 선배가 말한 의미를 조금씩 깨닫고 있다.

6년 동안 일을 하다 보니까 후배 중에 적당히 타협해가는 모습을 볼 때가 있다. 이 업계에 들어왔을 때에는 언젠가 연예계에 데뷔해서 한번 히트를 치겠다고 눈을 반짝거렸던 음악가가 있었다. 요전에 그와 오랜만에 만났다.

"어떻게 지내? 밴드는 어떻고? 잘 되어가?"

"잘 되어간다고 할 수는 없죠. 아니, 잘 안 돼요."

"그렇구나. 음악으로 먹고살기가 무척 힘들겠지."

"맞아요. 벌써 밴드는 해산해버렸고 지금은 저 혼자 남았어요."

"아, 그래? 혼자서 활동하는구나?"

"글쎄요. 활동이랄까, 2년 동안 악기를 만지지도 않았는걸요."

"그래? 그만뒀어?"

"아니오, 그만두지 않았어요."

그가 무슨 말을 하는지 알 수 없었다. 그만두지

않았다는 의지만 그 세계에 남기고 몸은 벌써 떠나버린 모습이었다. 그 모습은 마치 한을 품고 죽은 귀신을 보는 듯했다. 아마도 귀신은 이런 과정을 거쳐 이승을 떠돌아다닐 것이다.

사람이 살아가는 방식은 각양각색이니까 내가 이러니저러니 하는 것도 이상하고, 굳이 그를 부정하는 것도 아니다. 본인이 품은 생각을 어디에 간직해두는지는 사람마다 다르기 마련이다. 그러니까 '그건 틀렸어' 하고 한마디로 단정 지어 말할 수는 없다. 살아가기 위해서는 어쩔 수 없는 일이다.

반면, 뜻을 품은 대로 다 해내는 사람도 있다. 권투 선수다. 그의 이야기를 들어보면 권투 선수만큼 가혹한 직업은 없는 것 같다.

일본 챔피언이라도 권투 하나로 먹고살기는 어지간히 힘들다고 한다.

랭킹으로 따지면 일본에서 최강의 자리에 올랐는데도 부업을 해야만 한다. 가히 상상하기 어려울 만큼 힘든 일이다. 챔피언이 되기까지 상당한 노력을 기울여 일본에서는 어깨를 겨눌 사람이 없다고 해도 더욱 더 위를 올려다보라고 한다. 나아가 동양 태평양 챔피언도 부족하다고 한다. 세계 챔피언이 되어야 비로소 그 세계에서 살아갈 수 있다고 한다. 정말이지 권투 선수가 되지 않아서 다행이다.

그들은 대체로 젊을 때 링을 떠난다. 그리고 '그 세계'를 노리고 있던 사내가 바로 내 옆자리에 앉아 있다. 이런 날은 큰일이다. 세계에서 제일 강한 놈을 쓰러뜨리려고 매일같이 땀 흘려 훈련하던 남자는 청소 작업에서도 힘을 발휘한다.

"다키자와 씨, 내가 이쪽을 맡을 테니까 다음 쓰레기장에 먼저 가 있어요."

말은 '가 있어요' 하는데, 걸어서 가면 그 사람이 먼저 와 있다. 나는 맹렬하게 내달린다. 내가 쓰레기장에 도착한 순간에 청소차도 도착한다. 내달리지 않았다면 뒤처졌을 것이다. 그런데 권투 선수가 내 옆을 지나쳐 앞질렀다. 다음 쓰레기장을 향해 맹렬한 속도로 달려가는 것이다. 현역으로서 트레이닝도 겸해 달렸을 것이다. 나는 운동선수가 아니다. 그저 잘 나가지 못하는 연예인이다.

아, 그러고 보니 틀린 전제가 있었다. 그렇다, 운전기사다! 권투 선수에게 맞춘 스피드로 차를 몰았다. 운전기사에게 악의는 없었지만 권투 선수가 엄청난 속도로 쓰레기를 수거하니까 '젊은이라면 이런 속도로 달릴 수 있구나' 하고 착각한 것이 아닐까 추측했다. 자, 이제 바로잡아야겠다. 우선 나는 젊은이가 아니다. 그리고 태어나서 '그 세계'를 노린 적이 없다. 내가 바로잡지 않으면 나중에 이 일을 할 사람이 고생할 것이다. 세상에는 고도의 훈련을 겸하지 않는 사람이 대다수라는 것을 전해주어야 한다.

"이봐요, 헉헉, 난 권투 선수가 아니에요."

"하하하! (쳇)"

지금 혀를 찰 때가 아니야. 가버렸단 말이야. 엔진

소리가 숨이 차 헉헉대는 내 숨소리를 지워버리듯 울렸다.

'왜 농담이라고 생각하지?'

그래도 이런 생각을 하고 있을 때가 아니다. 청소차가 나를 두고 가버렸다. 청소차가 나를 두고 가버렸다는 문장을 소리 내어 말하는 날이 올 줄은 꿈에도 몰랐다. 태양이 나를 노려본다. 나는 눈을 돌려 피하지만 태양은 나를 놓아주지 않는다. 땀이 흐르는 가운데 나는 다음 쓰레기장을 건너뛰고 그다음 쓰레기장으로 전속력으로 질주한다. 그때 나는 서른여섯이었다. 일을 마치고 집에 돌아갔더니 아내가 푸딩을 먹고 있었다. 괜히 성질이 났다.

나중에 들어보니까 휴가를 낸 또 다른 작업자도 권투 선수였다고 한다. 한마디로 작업자가 쌍으로 권투 선수였다. 그리고 운전기사는 자위대 대원이었다고 한다. 길에 놓아둔 쓰레기는 즉각 치운다는 전투 집단이었던 것이다. 지금 이 세 사람은 쓰레기 청소 업계를 그만두고 각자의 길을 걷고 있다.

일을 시작한 무렵에 이런 경험을 치른 덕분에 그때에 비하면 오늘의 작업쯤은 아무것도 아니라고 생각한 적이 몇 번이나 있다. 다행이랄지.

'너, 어떻게 된 거야?' 하는 생각이 든
사람도 있었다.

성우가 되는 것이 꿈이라고 얘기한, 귀염성
있게 생긴 남자애가 있었다. 그 애는 학교에도
다닌다고 했다. 마치 변성기를 거치지 않은
것처럼 톤이 높은 목소리가 특징이었기 때문에 장점을
잘 살리고 있다고 생각했다. 남자인데 목소리 톤이
높으면 콤플렉스로 여기기 쉽다. 하지만 역경을 뛰어넘어
오히려 콤플렉스를 장점으로 살려서 살아가려는 모습이
강인해 보였다.

그는 자기가 어떤 애니메이션을 좋아하고,
누구누구처럼 되고 싶다고 얘기했다. 애니메이션에는
전혀 관심이 없는 내게 그 얘기는 마치 주문을 외는 듯
들렸다. 혹시 저주의 주문이 아닐까 의심할 정도였다.
그러나 생기가 넘치는 그의 모습에 절로 미소가
지어졌다.

그로부터 반년도 지나지 않은 어느 날, 그와 다시
만났다.

"요즘 어때? 성우 공부는? 실력은 좀 나아졌어?"
당장에 이렇다 저렇다 판가름이 나는 세계가 아닐

191

테니까 굳이 일이 늘었느냐고 묻지 않았다. 다만 실력이
늘었느냐는 식으로 세상 돌아가는 얘기를 하듯 말을
걸었다.

"뭐가요? 아, 그거요? 난 지금 탱고 연습생이 되었어요."

"뭐라고? 어쩌다가?"

"아, 그러니까 지금은 탱고를 배운다고요. 성우는 경쟁이
심해서 그만뒀어요. 기회가 생겨서 탱고를 배우다가
빠져들었지 뭐예요. 그래서 레슨을 받고 있어요."

나는 아무것도 묻지 않았다. 딱히 그 애의 결정을
부정하려는 생각은 손톱만큼도 없다.

탱고를 배우는 것도 좋다. 젊을 때는 무엇이든 하고 싶은
일을 앞뒤 재지 않고 해봐야 한다. 정말 좋은 일이다, 좋은
일이야.

'다만 탱고 연습생이라는 게 뭐야? 내가 잘 몰라서
미안해. 그런데 앞으로 어떻게 되는 거야? 음, 필시
프로페셔널 같은 게 있겠지? 물론 있겠지. 하지만 탱고
레슨을 받는 사람은 모두 자기를 탱고 연습생이라고 불러?
미안, 미안. 처음 듣는 단어라서 그래. 너무 당연하게 탱고
연습생이라고 마치 하로프로ハロプロ* 연습생처럼 다들 아는
단어처럼 말하니까 깜짝 놀랐어.'

그런저런 일을 다 포함해 나는 그에게 "아, 음" 하고만

말했다.

　그때 주문처럼 애니메이션 이야기를 했던 것은 저주의 주문이 아니라 파르푼테バルプンテ** 같은 것이었을지도 모른다. 스스로 말하고도 자기에게 무슨 일이 일어날지 모르는 주문 말이다.

---

* 　데뷔를 목표로 22명의 연습생들이 겨룬 프로그램 〈헬로! 프로젝트〉.
**『드래곤 퀘스트(ドラゴンクエスト)』 시리즈에 등장하는 주문(마법)의 하나.

이제까지는 젊은 축에 속하는 청소부 동료들 이야기를 해봤는데, 여기에서는 조금 연배가 있는 사람들 이야기를 해보려고 한다.

휴식 시간에 60세가 좀 넘은 선배와 자리를 함께했다. 그가 말을 걸었다.

"다키자와 군은 필리핀에 안 가? 필리핀!"

나는 무슨 말인지 몰라 어리둥절했다. 하지만 옛날에 학교 다닐 때 선생님께서는 누가 물으면 대답해야 한다고 가르치셨다.

"필리핀에는 가본 적이 없는데요."

"가보는 게 좋아. 거기는 어른의 놀이동산이거든. 즐거워서 몸 둘 바를 모른다고. 난 말이지, 필리핀에 가면 잠을 안 자. 잠자는 시간이 아깝거든. 놀고 또 놀아도 놀 것이 지천으로 쌓였어."

"아, 그런 곳이 있군요. 저도 가보고 싶네요."

"같이 가자고. 돈 좀 모아서……."

"그래도 돈이 꽤 들겠죠?"

"그렇지 않아. 50만 엔쯤 있으면 떵떵거릴 수 있어. 왕이라도 된 것 같아. 물가가 싸니까 돈은 별로 신경이 쓰이지 않아. 이 지도 좀 보게나."

선배는 지도를 펼쳤다. 필리핀의 거리를 그린 지도인가
보다.

"여기에서 여기까지 가게를 전부 들러도 20만 엔도
들지 않아. 난 예전에 이 거리를 제압했어."

"제압이라고요? 아하하."

"정말이야. 그래서 지금 절제하는 중이야."

"절제요?"

"그래. 술을 마시고 싶지만 참고, 밥도 배부르게 먹고
싶지만 반 공기만 먹고 있어. 파친코도 하러 가고 싶지만
꾹 참고 있거든."

"그만큼 돈이 모이고 있겠네요."

"그렇지. 하지만 절제의 목적은 그게 아니야."

"예?"

"난 지금 욕구불만을 억누를 만큼 억누르고 있어.
그런데 나는 말이지, 필리핀에서 폭발시킬 거야!"

오카모토 타로岡本太郎*가 말한 '예술은 폭발이다'를
한껏 발산할 기세였다.

나는 속으로 웃었다. 뭐지? 힘이 넘치는 이 아저씨는?
무엇보다 즐거워 보인다는 점은 좋다. 도덕적으로는

---

* 1911~1996. 일본의 현대미술을 선도한 예술가.

어떨지 모르겠지만, 꽁하게 혼자서 겉도는 할아범과는
비할 바 없이 보고 있기에도 훨씬 기분이 좋다.

"생각만 해도 좋은데요. 활력이 넘쳐요."

"그렇지? 저쪽에 있는 인간들은 나처럼 할 수 없을 거야.
잠깐 화장실에 다녀올게."

"그 길로 필리핀에 가지는 말아주세요."

"안 가. 가는 건 이번 달 말이라고."

나는 방금 나눈 대화가 재미있었기 때문에 누군가와
공유하고 싶어서 운전기사에게 말을 걸었다.

"아하, 그거? 전부 거짓부렁이야."

"뭐라고요? 허억! 정말요?"

"그 사람이 하는 얘기는 언제나 똑같아. 증거를 대줄까?
어제 알코올 검사에 걸려서 귀가 조치도 당했고, 밥도
놀랄 만큼 많이 먹어. 요전에도 파친코에서 6만 엔이나
잃었다고 우리 앞에서 칭얼칭얼 울었다니까."

"어? 어라?"

"그런데 말이야, 제일 놀랄 얘기는 말이지."

"……놀랄 얘기요?"

마저 듣는 일이 무서워졌다.

"그 사람은 한 번도 필리핀에 간 적이 없어."

"뭐요? 정말요? 어이쿠! 다 거짓말이에요?"

"거짓말은 아니야. 그 사람은 매달 말이면 필리핀에
가겠다고 말하지만, 매달 쉬지 않고 일하고는 있거든.
가끔은 쉬라고 우리가 말을 건넬 정도니까."

나는 놀라 픽 쓰러질 것 같았다. 그가 두고 간
필리핀 지도가 에어컨 바람에 팔락거린다. 그 사람의
목적은 무엇이었을까? 젊은 사람을 좀 놀려주려고
했다고 보기에는 얘기의 내용이 장난 같지 않다.
필리핀 이야기를 하면서 스스로 다짐한 일을 지키려고
한 것일까? 아니면 이야기하는 동안 정말 필리핀에 갔다
온 기분이 들어서 마치 체험한 것처럼 말하는 것일까?
지금 돌아봐도 수수께끼일 따름이다. 그러고 나서는
무서운 생각이 들어서 그다음 얘기는 들을 수 없었다.

듣기는 싫지만 그래도 대화가 성립한다면 그나마 다행이다. 좀처럼 대화가 되지 않는 사람도 있다.

"하히자와 시, 호은조에 카서 항자, 항자 드르고 홀아다요."

무슨 소리인지 당최 알 수 없었다. 턱으로 가리킨 곳을 대충 짐작해 가보고 나서야 말뜻을 이해할 수 있었다. 아마도 "다키자와 씨, 오른쪽에 가서 상자, 상자 들고 올라타요" 하고 말했을 것이다.

잘해야 나보다 한 세대 위쯤, 그렇게 나이가 많지는 않을 것이다. 처음에는 외국인인가 했다. 그러나 이름을 들어보니 일본인이다. 그러면 혹시 오키나와 사투리인가 싶어 물었더니 '하이하마'라고 말했다. 아, 사이타마埼玉*구나.

청소차에 올라탄 그날 아침에 제일 놀랐다.

"즈기 뒤골모게 이스니까 거기 처 번에 스거하지요."

깜짝 놀랐다. 한가운데 앉았는데 그 사람 얼굴을 빤히 쳐다보니까 지극히 당연하다는 듯 앞을 바라보고 있다.

---

* 일본 도쿄도 북쪽에 인접한 지역.

얼굴이 진지함 그 자체였다. 3초쯤 그 사람 얼굴을 봤는데 내 시선을 개의치 않았기 때문에 난 시선을 거두었다. 그는 결코 장난친 것이 아니다.

"오코노미야키 가게가 있는 곳이지?"

어라? 난 이번에는 운전기사를 봤다. 말이 통한다. 당연한 듯이 이야기한다. 아마도 매일 함께 일했으니까 듣기 훈련이 되어 대화할 수 있는 요령을 익혔을 것이다. 그렇다면 여기에서는 내가 소수파다. 아, 소수파! 민주주의 사회에서는 소수파 인간의 의견은 받아들여지지 않는다. 필사적으로 노력하는 수밖에 없다.

"저그 구소게 도라서 아즉 하나가 인는대여."

"하지만 오후에 수거할 쓰레기장이 멀어서 힘들지 않겠어?"

"그른가, 그르믄 거냥 초음에 스거하 수바께 업쓰까여?"

"그렇게 하면 별 문제없을 거요. 풍경이 바뀌었으니까 빠뜨리지 않도록 해야겠지만……"

"어, 그르면 문제으읍게죠?"

"요전에 불만 있다고 전화가 왔었잖아."

"그르야 그래어죠."

"그랬었지?"

머리가 이상해지는 줄 알았다. 듣기 평가 시험에 임하듯 귀를 기울였지만 말이 너무 빨랐다. 하다못해 제대로 끊어서 얘기해주면 좋으련만……. 현지인이 하는 말은 난도가 너무 높다. '그르야'가 무슨 말이냐?

"낸차아거유. 호— 하히자와 시가 뚜르오니깐요."

"하하하하."

"하하하하."

나도 그냥 따라서 웃었다. 분위기가 화기애애하니까 웃어주느라 턱이 아플 지경이었다.

이렇게 적응하다가 '쓰레기 청소부 얼굴'이 되는가 보다 싶었다. 딱 3년이 지났을 때 있었던 일이다.

이런 얘기를 늘어놓으면 특이한 사람만 있다고 생각할지도 모르겠는데, 결코 그렇지 않다. 대부분은 아주 보통 사람들이다. 성실하게 일하는 착한 사람들뿐이다. 개중에는 가끔 개성이 강한 사람이 섞여 있다. 그 사람들도 근면하고 착실하게 작업하면서 남을 배려해준다. 새로 사람이 들어오면 선물 상자를 열어보는 것처럼 두근거린다. 평범하게 다른 일을 했더라면 '하히자와 시'라고 불리는 일은 없었을 것이다. 그날 배꼽이 빠졌는가 싶을 만큼 웃고 또 웃었다.

이런 얘기를 우스갯소리로 떠드는 것을 보면 나도

이 바닥에서 어지간히 긴장이 풀려버렸는지도 모른다.

요전에 겸업 배우가 신입 청소부로 들어왔을 때 나도 이렇게 말해봤다.

"여기서 3년쯤 일하면 철저하게 '쓰레기 청소부'가 될 거야."

10

무법자를 잡다

이번 얘기에는 여러분도 같이 성을 내주면 좋겠다. 바로 '불법 투기'다. 쓰레기를 불법으로 투기하면 안 된다는 것쯤은 중학생이라도 잘 알고 있다.

"쓰레기를 함부로 버리면 안 된다는 것을 알고 있습니까? 아는 사람은 손을 들어보세요." 이렇게 중학생 100명 앞에서 물어보면 보나마나 100명 전부 손을 들 것이다.

"그런 사람을 보면 어떤 생각이 듭니까?" 이렇게 물으면 "어른이라면 스스로 부끄러운 줄 알겠지요"라든지 "착실하게 분리수거하는 사람이 헛수고를 하겠지요" 하고 대답할 것이다. 똑똑한 아이라면 "규칙을 지키지 않는 사람은 권리를 박탈당해도 할 말이 없지 않을까요?" 하고 말할지도 모른다.

무엇을 보든 젖가슴밖에 떠올리고 마는 사춘기 중학생 남자애들도 불법 투기에 대해서는 냉정하게 앞에 나온 대답을 할 것이다. 물론 대답이 끝나자마자 젖가슴을 생각하겠지만, 자유로운 나라에 태어난 이상 그 정도는 허용해주기를 바란다.

문제아가 아닌 중학생, 또는 초등학생도 성실하게
지키는 규칙을 지키지 않는 어른이 있다. 그것도 걸핏하면
말이다. 따라서 함께 화를 내주기 바란다.

　　한 번쯤 본 적이 있지 않을까? 쓰레기장에 멋대로 소파를
내놓거나 커다란 간접 조명을 던져버린 꼴을 말이다. 대형
폐기물이라면 반드시 딱지를 붙여야 한다. 딱지를 붙이지
않은 물건 대부분은 불법 투기다.

　　여기 놓아두면 언젠가 가져가겠지 확신하고 완전 범죄를
노리며 누가 누가 잘 참는지 대회를 떡 벌여놓는 것이다.
제멋대로 대회를 개최하고 즐기는 셈이다. 그런다고
절대로 갖고 가는 법은 없는데 말이다.

　　그야말로 양심적으로 대형 폐기물 수거를 신청하는
사람에게 면목이 없다. 올바르게 처신하는 사람이
어이없는 일을 당한다. 그런 세상을 만들지 않기 위해서도
나는 절대로 수거하지 않는다. 고집을 꺾고 언젠가
가져가겠지 하고 예상할지도 모르지만, 절대로 절대로
가져가지 않는다.

　　그런데 그 대다수는 용서할 수 없게도 이사를 가버리고
그곳에 없다. 난 이제 상관없다고 자기가 살던 동네에 침을
뱉고 가버리는 저열한 놈들이기 때문에 난 참아주기가
버겁다.

백 보, 아니 천 보, 만 보를 양보해 개인의 불법 투기는 '뭐, 이런 인간도 다 있구나!' 하고 상상할 수 있는 범주에 들어간다.

그런데 가게를 접고 떠날 때 불법 투기를 하는 망나니 영업자 놈이 있다. 영업소 쓰레기를 가정 쓰레기처럼 태연하게 버리고 떠난다. 이것도 가끔 있는 일이 아니라 자주 있는 일이라 놀랍다. 털끝이 곤두선다.

영업소 쓰레기는 반드시 지정해놓은 방법으로 버리지 않으면 위법이다. 가게를 폐업하는 일은 사회와 관련이 있기 때문에 정해진 규칙을 잘 지켜야 한다. 그렇지 않으면 영업할 자격조차 없다고 생각한다.

우리 가게에 와주세요, 여기를 봐주세요 하고 영업에 열을 올리다가도 자기한테 득이 되지 않는 일에는 뒷발로 모래를 차서 뿌리듯 하는 가게가 번성해서는 안 된다.

나는 쓰레기를 보면 대강 쓰레기 프로파일링이 가능한 사람이다.

하루에 쓰레기를 몇백 개를 보기 때문에 주의를 기울이기 않아도 뭔가 이질적이다 싶으면 멋대로 감각이 반응한다. 굳이 들여다보지 않고 겉으로 얼핏 보기만 해도 어딘가 이상한 물건이 들어 있으면 머리로 생각하기도 전에 정지 버튼이 눌린다.

페트병 같은 평범한 쓰레기여도 갑자기 심상치 않은 느낌이 들 때가 있다.

"알고말고! 저기 길가에 있는 술집 말이지?"

촉이 왔을 때 큼지막하게 소리를 지른다.

"맞아."

동료도 동의한다.

'숨겨봐야 들통 났다고!'

가정에서 나오는 페트병 쓰레기는 대충 알 수 있다. 봉투 세 개쯤 분량에 편의점에서 파는 상품이 많다. 2리터짜리 물병도 빈번하게 나온다.

그러나 눈앞에 놓인 쓰레기는 분명하게 이질적이다. 일반 가정에서 4리터짜리 소주병이 열 병이나 나올 리 없다! 알코올 중독자라도 이렇게는 마시지 않을 것이다.

게다가 병이 끈적거리는 것을 보면 뻔하다. 분명히 기름이 묻은 것이다. 부엌 가까운 곳에 술을 놓아두는 저장소가 있을 것이다. 그렇다면 그다지 규모가 크지 않은 개인 술집일 텐데, 길가에 개인이 영업하는 술집이 하나 있다. 바로 그곳이다! 이렇게 금방 추측할 수 있다.

우리 청소부는 쓰레기장뿐만 아니라 부근의 경치도 다 파악하고 있다. 어느 곳 어디에 무엇이 있고, 이곳을 돌면 이런 경치가 펼쳐진다는 식으로 지역 일대를 망라하고 있다. 그렇게 하지 않으면 청소부끼리 대화가 통하지 않는다.

"철탑 쓰레기는 수거했던가?"

"어디 말이야? 자판기 있는 쪽? 고양이 아파트 쪽?"

"자판기 쪽이지. 뭐, 고양이 아파트 쪽을 수거했으면 기억하고 있을 것 아냐?"

이렇게 암호 같은 대화를 듣고 금방 그곳의 모습을 떠올리지 못하면 작업에 임할 수 없다. 반대로 말하면 경치를 파악하고 있기 때문에 이런 대화가 성립할 수 있다.

방금 앞에서 나눈 대화를 풀면 다음과 같다.

"송전 철탑 아래에 있는 쓰레기장의 쓰레기를 수거했던가?"

"두 곳이 있는데 어느 쪽 말이야? 자동판매기 옆에 있는 쓰레기장? 아니면 늘 고양이가 있는 아파트의 쓰레기장?"

"그야 자동판매기 쪽이지. 아파트처럼 규모가 큰 쓰레기장에 들러 쓰레기를 수거했다면 기억하지 못할 리가 없겠지!"

다시 말해 이 근방에서 대량의 술이 담긴 페트병이 나와 있으면 어디에서 내놓았는지 금세 알 수 있다는 말이다.

목격 같은 결정적인 증거가 없으니까 한 번은 눈감아주지만, 악질적인 경우에는 직원에게 언제든 알릴 준비가 되어 있다.

"이봐요, 다키자와 씨, 그렇게 눈에 쌍심지를 켜고 빡빡하게 굴지 말아요. 좋은 게 좋은 식으로 가요." 이렇게 얘기할 사람이 있을지 모르겠는데, 영업소의 불법 투기는 중죄다. 폐기물 처리법 위반은 5년 이하의 징역 또는 1000만 엔 이하의 벌금형이다. 여기에는 미수 행위도 포함된다. 국가가 이 법률 위반을 얼마나 엄중하게 여기는지 엿볼 수 있다. 당연한 일 아닌가. 영업 쓰레기의 불법 투기를 허용하면 거리는 쓰레기로 차고 넘칠 것이다.

설마 들키지 않겠지 하고 경솔한 마음에 몰래 내다 버리는지는 모르겠지만, 불법 투기를 하려면 가게가 망해도 좋다는 각오를 해야 한다. 그렇게 인생을 걸고 해야 할 일인지 다시 생각해보길 바란다. 쓰레기 청소 전문가가 손을 대면 백이면 백 다 들킨다. 쩨쩨하게도 그 술집은 자기 가게 앞 쓰레기장에 버리면 들킬 것 같았는지 뒷골목 쓰레기장에 몰래 내다 버렸다. 여기라면 들키지 않으리라고 생각했겠지. 이보세요. 일 초도 못 가서 들켜요. 한 방에 간다고요.

몇 번이나 되풀이하지만 영업소 쓰레기라는 딱지를 붙이지 않고 쓰레기장에 내다버리는 시점에 이미 법률 위반이다. 이 점만큼은 결코 봐줄 수 없다.

왜 봐줄 수 없느냐? 대량으로 버리기 때문에 눈감아 줄 수 없다. 만만하게 보면 안 된다. 그놈들은 몇 군데나 돌아다니면서 쓰레기를 잔뜩 버린다. 나 하나쯤 버려도 들키지 않겠지 하는 마음을 갖고 있다면, 지금 당장 그 마음부터 버리길 바란다. 타지 않는 쓰레기장에 말이다. 그런 썩은 정신이야말로 타지 않을 것 아닌가?

예전에 이런 일도 있었다.

커다란 발포 스티롤* 상자에 대량의 쓰레기가 잔뜩 들어 있었다. 이것 자체는 별 문제가 없지만, 지나치게 무거웠기 때문에 안을 들여다보았더니 꽃가지가 잔뜩 들어 있었다. 게다가 홍보물까지 버렸다. 이로써 가게 확정! 취미로 집에서 꽃꽂이를 하는데 800엔이라고 쓴 광고 막대기까지 꽂지는 않을 것 아닌가? 아무리 찾아봐도 영업소 쓰레기 딱지가 붙어 있지 않았다. 더구나 대담하게도 가게 앞 쓰레기장에 내버렸다.

셔터가 내려져 있었기 때문에 벨을 눌렀다.

"실례합니다. 이거, 이 가게에서 내놓은 쓰레기죠?"

"네, 그런데요."

미동도 하지 않는 가게 주인을 보니 도리어 내가 무섭다. 청소부 제복을 입은 남자가 찾아왔는데도 어째서 동공이 흔들리지 않을까?

"딱지를 붙이지 않은 것 같은데요."

"오늘 산폐(산업폐기물 처리업자)가 오지 않는 것 같아서 내놓았습니다만."

---

* 거품처럼 작은 기포를 무수히 지닌 스타이렌 수지.

"딱지를 붙이지 않으면 수거할 수 없어요. 가정
쓰레기만 수거하거든요."

"아, 하지만 여기는 살림집이기도 한데요."

당신은 아웃이다.

얼굴이 벌게질 만큼 부끄러워해야 하는데도 가게
주인은 무식하기 때문에 얼굴이 벌게질 리 없다.
가게 주인은 계속 뭐가 잘못되었냐는 표정이다. 그러는
동안 자기가 무식하다는 딱지를 붙이고 있을 뿐이라는
사실을 전혀 깨닫지 못한다. 불쌍해서 한마디해주었다.

"가게와 주거를 겸하고 있더라도 영업을 하고 있으면
가정 쓰레기로 내놓으면 안 되는 겁니다."

"아, 그렇습니까?"

검은 안경테를 가운뎃손가락으로 올리면서 그는
쓰레기를 안으로 들여놓았다. 그렇기도 할 테지.
불법 투기니까 말이다. 중죄니까 말이다. 그날은 마침
내가 담당이었으니까 망정이지 몰랐다고 해서 넘어갈
일이 아니다. 가게 운영은 사회적인 약속이자 교류이니까
제대로 알고 있어야 한다.

이런 일이 걸핏하면 눈에 띈다는 사실이 믿을 수 없다.
가게를 여는 사람은 제대로 숙지해두는 것이 좋다고
생각한다.

213

물론 정도의 차이는 있지만 악질이 아닌 경우는 눈을 감아줄 때도 있다.

그야 그럴 수밖에! 절묘한, 정말로 절묘한 분량의 바나나 껍질이라면…….

한 가정에서 먹었다고 볼 수 없는 바나나의 양? 아니 근방에 사는 아이들이 열 명쯤 놀러오면 이 정도 먹을까 싶을 정도? 숫자로 표시하면 바나나 세 송이 정도였다. 절묘하지 않은가? 이 정도면 먹을 수도 있는 양이기는 하다. 아이들이란 신이 나면 바나나 대회 같은 것을 열어서는 억지로 바나나를 목이 메도록 입에 넣고 폭소를 터뜨리는 생물이 아니던가. 핫케이크를 구워 바나나를 얹어서 먹었을지도 모른다. 실로 애매모호한 양이다. 근처에 바나나 가게가 있다고 보기는 어렵고, 혹시 바나나 다이어트를 하는 아가씨가 있을지도 모른다.

오케이, 수거하자!

그렇게 내 자신을 납득시키고 뒷골목 쓰레기를 수거한 다음 큰길로 나왔더니, 이런! 바나나 생과일주스를 파는 노점상이 떡!

'할머니, 목이 좋은 곳에서 장사하고 계시네요. 신제품 바나나 주스를 내놓으셨군요. 믹서를 윙윙 돌려 마구

214

섞고 계시는군요! 할머니, 자칫하면 한 잔 마시라고
권할 것 같은 분위기인데요! 아니, 이렇게 보니까
아이들이 좋아하는 바나나 대회를 열고 계시는 것
같아요. 그런 건가요? 그런데 이런 곳에 바나나 가게가
웬일인가요? 저기, 그렇게 소규모 장사는 아닌데요?
바나나 다이어트를 하는 아가씨라도 바나나를 그렇게
먹으면 살이 찌겠는뎁쇼?

　……벌써 수거라는 버튼을 누르고 쓰레기를
수거해버린 다음이니까 어쩔 수 없기는 해도, 앞으로는
주의하세요. 누군가 화를 내며 지적하면 큰일이니까요.
할머니가 5년 동안 징역 사시는 모습을 어떻게 보겠어요.
1000만 엔 벌금은 살생이나 마찬가지일 것 같아요.
으음…….'

　"다음에 기회가 있으면 좋은 말로 말씀 좀 해주세요."
　운전기사에게 이렇게 작은 소리로 부탁했다.

한편, 불법 쓰레기를 버린 사람이 너무나 순수하고도 적극적인 경우가 있어서 웃음을 터뜨린 일도 있었다.

그날은 타지 않는 쓰레기를 수거하고 있었는데, 어느 지역을 돌다가 에어컨과 실외기를 잇는 호스 같은 것을 자른 조각을 산더미처럼 내놓은 쓰레기를 발견했다. '이건 좀 흐으음……' 하는 생각에 주위를 둘러봤더니 의심스러운 마을 공장이 몇 군데나 있었다. 구체적으로 대여섯 곳이었다. 안을 들여다봐도 어디나 똑같은 공장인지라 특정할 수 없다고 판단하여 '회수 불가' 딱지를 붙이고 그 자리를 떠나려고 했다. 그때 뒤통수로 큰소리가 날아왔다.

"저기, 여보시오, 이것도 가져가요."

뒤를 돌아보았더니 아저씨가 공장에서 골판지 상자를 가지고 나왔다. 아저씨는 상자를 공중으로 쳐들고 있다. 불법 투기하는 사람이 제 발로 튀어나온 셈이다. 분명 딱지도 붙이지 않았을 것이다. 그런 사람이 나를 불러 세웠다. 공장에서 나오던 걸음 그대로 내 쪽을 향해 오고 있다. 잡아달라고 온 것일까? 아니 천만에, 내게는 체포 권한이 없다.

216

'저 사람, 제정신일까?' 하고 생각하기 전에 그만
웃어버렸다.

"어라? 이것도 갖고 가란 말이오."

내다 버린 사업 쓰레기를 가리킨다.

'안 된다고요, 안 돼. 사업하는 사람은 딱지를 붙여야
해요.'

"왜 안 된단 말이오?"

아저씨는 전혀 악의 없이 어째서 가져가지 않는지
가르쳐달라는 듯한 어린아이의 눈으로 나를 쳐다본다.
내가 이러쿵저러쿵 설명해주었더니 "그럼 어떻게 하면
됩니까?" 하고 순수하게 질문한다. 마치 어떻게 하면
동물원에 데려가주겠느냐고 묻는 아이 같은 모습이다.

산폐에 부탁하는 것이 가장 좋지 않겠느냐고
대답했더니, 그러면 산폐의 전화번호를 가르쳐달라고
한다. 여러분도 모를 것 같은데, 산폐의 전화번호를
가르쳐달라고 해도 여러 회사가 있기 때문에 가르쳐줄
수가 없다. 내가 전문가도 아니려니와 애초에 스스로
선택해야 하기 때문이다. 나는 회사에 젊은 사람이
있는지 없는지 물어보고, 젊은이가 있으면 인터넷을 잘
사용할 테니까 금방 찾을 수 있을 것이라고 말해두고
자리를 떴다.

이제까지 목격한 불법 투기 대부분에는 화가 머리끝까지 났지만, 그 아저씨만큼은 예외였다. 특별한 예 중에서도 특별해서 그냥 웃어버리고 말았다. 역시 쓰레기 수거는 사람이 하는 일인 만큼 용서하는 감정도 있고 용서하지 못하는 감정도 있다. 아직도 "저기" 하고 나를 부르는 해맑은 소리가 귓가를 떠나지 않는다.

저기

218

어느 날 다키자와 씨

금요일

샤워를 했으니까 오타太田 프로라이브*에 가자!
쓰레기 국물을 뒤집어썼지만 이제는 냄새가
나지 않거든!

---

* 원어는 太田プロライブ. 오타 프로덕션 소속 젊은 연예인이
주로 출연하는 코미디 라이브쇼 프로그램을 가리킨다.

11

나, 쓰레기 청소부가
한마디하겠습니다

이제 한마디만 더 하겠습니다. 괜찮습니다. 제가 말씀드릴 테니까 하시던 일 천천히 하세요.

쓰레기 청소 업계의 젊은이인 제가 이야기하는 것이 좋겠습니다. 선배의 노력은 웬만큼 가볍게 볼 수 있는 것이 아니기 때문에 이 책이 후반에 접어든 이 대목에서 제 이야기를 들어주시면 좋을 것 같습니다. 그러면 불초 소생 다키자와가 쓰레기 청소 업계를 대표해서 한 말씀 올리겠습니다.

전 세계적으로 '쓰레기 감량'을 입을 모아 이야기하고 있지요. 누구나 한 번은 들어본 적이 있을 테지만, 사회에 아직 깊이 침투하지는 못했다는 것을 실감하고 있습니다.

쓰레기 처리 중계소에 가면 우리가 매일매일 대량의 쓰레기를 이토록 배출하는구나 싶고, 아직도 충분히 사용할 수 있는 물건이 굴러다니는 것을 볼 수 있습니다. 타는 쓰레기를 회수하다 보면 먹고 남은 음식물을 손도 대지 않은 채 그대로 내 버리는 현실을 목도합니다.

물론 맡은 일이니까 수거하기는 하는데, 이 나라는 물건으로 흘러넘치는구나 하는 생각이 마음속 깊이 듭니다.

어느 정도 빠져나왔다고는 해도 계속 불경기가 이어지는 가운데 쓰레기를 이만큼이나 배출하는 것을 보면, 그래도 이곳은 풍요로운 나라라고 단정해도 괜찮다는 생각까지 듭니다.

쓰레기의 양이 줄면 우리 일이 편해지니까
그렇게 해달라고 하는 것이 아닙니다.
비정상이기 때문입니다. 무시무시하다고
말해도 과장이 아닙니다.

조사 결과를 보면 인정할지 모르겠습니다.
한 사람이 1년 동안 내놓는 쓰레기의 양은 일본이 단연코
세계 제일입니다.

쓰레기 총 발생량은 미국이 1위를 차지하지만,
1년간 1인당 쓰레기를 내는 양은 일본이
1위로 320킬로그램이나 됩니다. 2위는 프랑스로
180킬로그램이고요. 누구도 따라올 수 없는 정말
진짜배기 1위입니다. V9 시대*의 자이언트에 못지않은
위세입니다. 야구라면 명예스러운 기록이 남겠지만,
쓰레기 배출량이라면 불명예스러운 기록이 남습니다.
내친 김에 말하자면 소각로의 개수도 2위인 미국의
351군데를 훨씬 웃도는 1,243군데나 됩니다. 두말할 것
없이 압도적인 위세를 자랑하지요.

---

* 요미우리 자이언츠 팀이 1965년부터 1973년까지 9년 동안
연속으로 프로야구 일본 시리즈를 제패한 시절을 가리킨다.

이는 확실히 오 사다하루王貞治, 나가시마
시게오長嶋茂雄라는 슈퍼스타는 물론이고, 시바타
이사오柴田勲, 모리 마사아키森昌彦, 히로오카 다쓰로広岡達朗,
조노우치 구니오城之内邦雄, 미야타 유키노리宮田征典 같은
명선수가 없었다면 V9 시대를 누릴 수 없었던 것처럼,
여러 가지 요소가 얽히지 않으면 성립하지 않는
숫자입니다.

이렇게 괴물 같은 기세라면 제가 아직 어릴 적이었던
20~30년 전 다이옥신 문제나 공기 오염이 사회문제로
떠올랐던 것도 당연합니다. 이제 와서 보면 앓는 소리가
절로 날 만큼 납득이 갑니다.

지금은 소각 기술이 발달한 덕분에 쓰레기를
태운 뒤 오염된 공기는 공장 안에서 깨끗한 공기로
정화해 배출하기 때문에 공기 오염 문제는 어느 정도
해결했습니다. 하지만 그렇게 많은 소각로가 없으면
전국에서 배출하는 쓰레기를 다 처리할 수 없다는 점에
주목해야 합니다.

소각로가 그렇게 많지 않으면 일본은 쓰레기에
파묻힌다는 말이니까요.

미국은 쓰레기 총 발생량 1위를 기록하지만 1년간 1인당 쓰레기 배출량은 100킬로그램으로 4위입니다. 무엇보다 미국의 강점은 땅덩어리가 광활하다는 점입니다. 소각하지 않고도 쓰레기를 파묻을 땅이 남아돌기 때문에 분리수거나 재활용을 과도하게 강제하지 않는 경향이 있다고 들었습니다(그래서 좋다고 생각한다는 것이 아니라 비용을 생각하면 장점이라는 말입니다).

미국은 그렇게 해도 될지 모르지만 일본은 그렇지 않습니다. 일본은 좁은 나라입니다. 유감스럽게도 고양이의 이마지요. 농담이 아닙니다. 일본은 새로운 매립지를 마련하는 일이 대단히 어렵습니다. 거짓말이 아닙니다. 정말로 고양이 이마만 합니다.

개중에는 매립지를 늘리면 어떻게든 되지 않겠느냐고 주장하는 사람이 있을지 모르겠는데, 도쿄에 관해서만 말하면 더 이상 매립지를 늘리면 도쿄만이 무역항으로 기능하지 못한다고 합니다.

도쿄만뿐 아니라 제가 조사해본 바로는 다른 지방도 매립지가 얼마 남지 않았으니까 재활용에 힘쓰자고 호소하고 있습니다. 그러한 상황을 알고 나서 쓰레기를 회수하고 있으면 소름이 돋을 만큼 두렵습니다. 매일매일 미친 듯이 나오는 쓰레기를 본다면 무서워하지 않을 사람이 없을 겁니다. 어느 날엔 누군가 기분을 전환할 작정으로 냉장고 안에 든 것을 한꺼번에 바꾸려고 했는지, 먹을 것이 한가득 버려져 있습니다.

청소부 선배는 확실한 숫자를 들려주었습니다. 도쿄의 매립지는 앞으로 50년밖에 쓸 수 없다고 합니다. 매립지에서 일하는 사람에게 들었다고 운전기사가 말해주었습니다.

매립지는 20년밖에 남지 않았다고 쓰여 있는 어느 지방의 홈페이지를 봤습니다. 도쿄의 매립지보다도 수명이 짧습니다.

어렸을 때는 도쿄의 매립지가 20~30년밖에 남지 않았다고 수업 시간에 배웠습니다. 그러나 지금은 50년으로 늘어났습니다. 쓰레기 문제를 필사적으로 파고드는 연구자나 쓰레기 청소부로 일하는 아저씨들 덕분에 매립지의 수명이 늘어난 것입니다.

열심히 땀 흘려준 사람들에게 아저씨라고 부르면 실례일까요? 뭐, 괜찮죠? 이렇게 중요한 일은 젊은이에게 맡겨도 될 만큼 단순한 작업이 아니지요. 아저씨들이

미래의 젊은이들에게 남겨준 커다란 공적이라고 가슴 깊이 생각합니다.

아저씨들이 이렇게 열심히 일하고 있는데도 "청소부 아저씨들이 가져가지 않으니까 타지 않는 쓰레기만 따로 내놓겠지만, 나머지는 분리수거하지 않고 몽땅 타는 쓰레기로 내놓으면 되는 거 아니야?" 하는 젊은이가 있다면, 또는 "안 보이도록 봉투 속에 넣어놓으면 캔이든 병이든 가져가겠지?" 하는 생각 짧은 노인이 있다면, 정말로 슬퍼집니다.

소각로 안에서 누름돌이나 벽돌이 나왔다는 얘기조차 들은 적이 있다고요.

재를 모래로 만드는 기술

그러면 어떻게 매립지의 수명을 늘렸을까요?
이 얘기를 들으면서 조금은 쓰레기 문제를
고민해주시겠어요?

　제가 어렸을 때는 비디오테이프 같은
플라스틱은 타지 않는 쓰레기였습니다.
플라스틱을 태우면 해로운 가스가 나온다고 알려졌기
때문에 태울 수 없었습니다.

그러나 시간이 흘러 연구자들 덕분에 소각 기술이
발달해 고온으로 처리하면 유해가스가 나오지 않는다는
것을 알았고, 지금까지 타지 않는 쓰레기였던 것을
태워서 쓰레기의 양을 줄여왔습니다. 물론 유해가스가
미미하게는 나오지만 공장 안에서 공기를 깨끗이 정화해서
내보냅니다. 그리하여 예전에 타지 않던 쓰레기는 이제
재가 되어 20분의 1로 줄어들었습니다.

그것을 매립지로 나릅니다. 매립지는 기본적으로 타지
않는 쓰레기를 분쇄한 것과 타는 쓰레기를 소각해 처리한
재를 파묻는 곳입니다.

소각 기술의 향상으로 타지 않는 쓰레기는
줄어들었는데도 아직 쓰레기는 줄지 않고 있습니다.
끊임없이 무지막지하게 날라져 옵니다. 정상이라고는

말할 수 없지요.

아저씨들은 머리를 싸맸습니다. 타는 쓰레기를
처리하고 나오는 재를 가지고 무언가 할 수 없을까?
연구에 연구를 거듭해 아저씨들은 가스와 전기로 재에
열을 가해 슬러그slug*로 만드는 데 성공했습니다.

슬러그는 재를 원료로 삼아 만들어낸 인공
모래를 말합니다. 인공 모래는 원래 크기의 40분의
1로 줄어들었을 뿐 아니라 인체에 무해하다는 것이
입증되었습니다. 그래서 아스팔트에 섞거나 건설용으로
콘크리트에 섞어 재사용하는 것이 가능해졌습니다.

타지 않은 쓰레기를 적절하게 처리할 방안이 없다면,
그것을 태운 재를 가지고 뭔가 해보자는 연구를 끈기
있게 해온 것입니다. 가히 집념이나 한에 가까운 노력을
통해 쓰레기를 줄여 여기까지 올 수 있었던 것입니다.

그 덕분에 매립지의 수명은 50년으로 늘어났습니다.
그러나 잊어서는 안 됩니다. 50년입니다. 이렇게 힘껏
노력해도 매립지는 앞으로 50년밖에 쓸 수 없습니다.
어떤 지역은 20년이고요.

두렵게도 그 이후에는 아무것도 내다볼 수 없습니다.

---

* 원자로에 쓰는 분열성 물질의 작은 덩어리.

그 누구도 어떻게 하면 좋을지 모르는 상황입니다.

물론 환경 선진국으로 알려진 스웨덴처럼 한다면 가장 좋다고 생각합니다. 좋다고 생각은 하는데 생각만큼 쉽고 간단하게 스웨덴처럼 될 수는 없습니다.

쓰레기의 메이저리그 선수 격인 스웨덴에서는 전국적으로 쓰레기 문제와 씨름하고 있기 때문에 오히려 쓰레기 부족 상태에 빠졌다고 합니다. 뭐라고? 쓰레기 부족 상태라고? 일본인으로서는 이해 불가능한 상황이지만, 스웨덴에서는 쓰레기를 에너지로 변환시키기 때문에 원료가 되는 쓰레기가 없어졌다고 합니다. 왠지 오금이 저릴 것 같습니다. 더구나 이웃 나라의 쓰레기를 수입한다고 하니 입에 거품을 물고 쓰러질 듯합니다.

그리고 원래 쓰레기가 적습니다. 스웨덴에는 상품을 만드는 기업이 쓰레기까지 책임을 져야 한다는 법률이 있기 때문입니다. 재활용, 폐기에 관한 비용을 기업이 전부 부담해야 하기 때문에 쓸데없는 쓰레기가 나오지 않도록 기업 자체가 노력하고, 판매 단계에 들어가면 쓰레기가 될 만한 것을 제거한다고 합니다.

그런데도 나오는 쓰레기조차 극단적으로 재활용해서

쓰레기가 나오지 않도록 해온 결과가 바로 놀라 쓰러질 만한 숫자를 내놓은 것입니다. 매립지에 파묻은 쓰레기의 양은 배출 쓰레기의 1퍼센트밖에 되지 않는다는 경악할 만한 수치입니다.

　스웨덴의 뒤를 따라가려고 덴마크도 열심히 노력하고 있습니다. 다 쓰고 버린 접시나 숟가락에 과세를 30퍼센트 부과하기 때문에 소비가 별로 없습니다. 불필요한 쓰레기를 내놓지 않으려고 국가가 솔선수범하여 노력하는 모습에 일본인으로서 그저 감탄스럽기만 합니다.

　그렇다면 일본도 이런 나라를 따라잡으면 될 것 같은데 잔인하게도 불가능합니다. 높은 장벽이 가로놓여 있기 때문입니다.

　업소의 대량 폐기, 값싼 물건을 사서 금방 버리는 소비자의 습관, 필요 이상의 포장지, 어차피 세금을 내는 만큼 쓰레기 청소부를 활용하지 않으면 손해라는 착각 등등, 마치 V9 시대의 자이언트 같은 굴지의 강력한 멤버 이름을 늘어놓는 것 같습니다. 누가 4번 타자라 해도 손색이 없지요. 누가 오 사다하루이고 누가 나가시마 시게오냐 하는 차이밖에 없습니다.

거칠게나마 간단하게 설명한다면 우선 요식업계의 쓰레기를 꼽을 수 있습니다.

10년 전 저는 술집에서 일했습니다.

그곳에서는 매일 잔치가 벌어졌고, 손도 대지 않은 음식을 폐기 처분했습니다.

먹지도 않을 텐데 '있으면 누군가 먹겠지' 하는 경솔한 주문을 매일 받았습니다. 짐작한 대로 술에 만취한 손님은 젓가락을 대지 않은 채 술주정을 늘어놓으며 돌아갑니다. 물론 가게는 돈을 벌겠지요. 하지만 저는 귀가하기 직전에는 주문하지 않고 테이블에 남은 음식부터 먹고 가면 좋겠다고 생각했습니다. 젓가락은 대지 않았지만 그렇다고 다른 상에 올릴 수는 없기 때문에 손님이 떠나면 그대로 쓰레기통으로 직행입니다. 매일 그러합니다. 아마 제가 일한 가게 이외에도 전국의 모든 술집이 그렇게 하고 있을 것입니다. 분명 지금도 그럴 테지요.

술집뿐 아니라 회전초밥집에서 아무도 손대지 않은 초밥, 패스트푸드점에서 만들어놓은 햄버거, 편의점에서 파는 도시락 등을 폐기하는 것도 다 마찬가지입니다. 가게의 규모가 커지는 것이 일괄적으로 나쁘기만 하다고

할 수는 없지만, 쓰레기 문제만큼은 극복해야 한다고
생각합니다.

값싼 물건을 샀다가 금세 버리는 습관이 뿌리 내렸다는
것을 6년 동안 쓰레기 청소부의 눈으로 확인하고 충분히
알았습니다. 헛구역질이 나올 것 같습니다. 이 세상은
값싼 물건으로 흘러넘치고 있어요. 옷, 장난감, 100엔
숍의 온갖 물건, 저렴한 식품 등 비싸 보이지 않는 물건을
매일 봅니다. 그것 자체는 나쁘다고 할 수 없죠. 다만
값이 싸다고 괜히 필요 없는 물건까지 사는 것은 아닌가
싶습니다. 또는 값이 싸니까 소중하게 여기지 않고
사자마자 곧장 버리는 듯 보입니다.

그리고 과잉 포장도 문제입니다.

선물로 양갱을 받을 때가 있습니다. 우선 종이봉투에서
꺼내지요. 그다음 포장한 종이를 벗기면 상자가 나옵니다.
상자를 열면 한 개씩 밀봉해놓은 양갱이 나오고, 비닐
포장을 벗겨야 겨우 양갱을 만날 수 있습니다. 양갱과
만나기까지 네 가지 포장을 벗겨야 합니다. 냉정하게
생각해보면 가히 적정선을 벗어난 포장일 뿐입니다.

유럽에서 바게트를 겨우 종잇조각 한 장에 싸서
건네주는 것도 극단적이지만, 아무리 그래도 일본은
신경질적으로 포장에 공을 들이는 것 같습니다.

어차피 세금을 낼 바에야 쓰레기 청소부를 철저하게 이용하는 편이 좋다고 착각하는 사람들도 있습니다. 돈을 내고 있으니까 쓰레기를 내놓지 않으면 손해라고 생각하는 것이겠지요. 쓰레기 청소에 사용하는 세금은 물론 인건비로도 충당합니다. 그러나 실로 거액의 세금을 투입하는 곳은 '쓰레기 처리'라는 점은 별로 알려져 있지 않습니다.

매립지에 내리는 비는 쓰레기를 통해 오염수가 됩니다. 오염수를 기준치까지 정화시키고 나서 처리 시설로 흘려 보내지요. 그러지 않으면 공해를 일으킬 염려가 있습니다. 도쿄에서는 오염수를 깨끗하게 만드는 데 연간 약 25억 엔이 든다고 합니다. 쓰레기가 많아질수록 세금을 더 쏟아부어야 합니다. 따라서 쓰레기를 내놓으면 내놓을수록 세금이 더 필요해집니다.

이토록 엄청난 문제를 안고 있는데 금방이라도 스웨덴처럼 되고 싶다고 하면 너무 뻔뻔스럽겠지요. 하나하나 차근차근 해결해나가야 합니다.

일본이 쓰레기 문제를 의식하기 시작한 것은 불과 최근 몇 년 전입니다. 스웨덴은 100년 전부터 이 문제와 씨름해왔고요.

우리가 할 수 있는 일은 지천으로 널려
있습니다. 여러분이 협조해주면 우리
청소부가 기뻐하는 것은 물론, 조금이라도
더 깨끗한 미래의 환경을 후손에게 남겨줄 수
있습니다. "저 인간들은 이렇게 더러운 곳을
우리에게 남겨주었단 말인가?" 이런 말을 듣는다면
부끄럽겠지요? 우리가 할 수 있는 일이 무엇인지에
관해 이 책에서 몇 번이나 이야기했지만 한 번 더
정리하겠습니다.

첫째, 재활용을 통해 쓰레기를 줄일 것.

간단한 이야기입니다. '페트병은 페트병 내놓는 날에
내놓는 것'은 그리 어렵지 않습니다. 그리고 가능하면
뚜껑을 따로 분리하고 라벨은 벗겨 비닐 쓰레기로
분리수거해주면 더할 나위 없이 기쁠 것입니다.

캔은 캔, 병은 병을 내놓는 날에 배출하고, 그날은 타지
않는 쓰레기를 내놓지 말 것, 골판지 상자는 상자 내놓는
날에 내놓을 것, 택배로 받은 상자에는 비닐이 붙어 있는
것이 많은데 비닐은 꼭 벗겨서 따로 버릴 것, 신문과
잡지를 한꺼번에 내놓으면 기타 종이로 취급하기 때문에
분별해서 내놓을 것……. 이렇게 하면 사용 가능한 것은

재사용 가능해지고, 이것이 곧 사회적인 공헌이 됩니다. 쓰레기를 분리수거하는 것만으로도 사회를 위할 수 있습니다.

둘째, 물건을 사기 전에 정말 필요한 물건인지 한 번 더 숙고할 것. 그리고 필요하다고 판단해 구입했으면 소중하게 사용할 것.

앞 세대는 소비의 시대였습니다. 무조건 많은 물건을 마구 사대는 시대였습니다. 하지만 그런 시대는 끝났습니다. 이제 대량 소비는 멋도 없고 낡고 후진 사고방식이라고 생각합니다.

우리 시대는 물건을 살 때 버리는 일까지 고려하는 시대가 아닐까요? 우리는 다음 세대를 배려할 권리가 있는 세대입니다. 어디까지나 권리입니다. 단순한 행동이라도 상관없습니다. 물건을 살 때 받는 비닐봉지 하나라도 필요하지 않으면 받지 않으면 어떨까요? 중요한 것은 '정말로 필요한가?' 하는 생각입니다.

셋째, 이 책에서 처음 말하는 것인데, 음식물 쓰레기는 될수록 물기를 짜서 버리십시오.

음식물 쓰레기의 80퍼센트가 수분입니다. 수분이 적으면 적을수록 청소 공장에서 타는 쓰레기가 잘 타기 때문에 연소에 드는 에너지를 절약할 수 있습니다.

그리고 무엇보다 쓰레기의 양이 줄어듭니다.

　스트레스를 받지 않을 만큼만 이렇게 세 가지를 협조해주십시오. 명심해주기만 해도 좋습니다. 여력이 되는 날에 협력해주는 것만으로도 앞으로 쓰레기 업계는 변해갈 것입니다.

　국가가 강제적으로 개입하는 것은 달갑지 않지요? 쓰레기 수거를 유료화하고, 규칙을 위반하면 벌금을 물리고, 나무젓가락 1벌에 300엔, 종이접시 5매에 600엔이나 값을 매기고, 봉투에 이름을 쓰지 않으면 수거하지 않는 것⋯⋯.

　이런 미래는 과연 뭘까요?

　관리하지 않으면 제대로 규칙을 지키지 않는 부끄러운 세대가 되고 싶지는 않습니다. 개인이 의식적으로 해야겠다고 마음먹으면 할 수 있지요. 모범이 되는 세대가 되고 싶습니다. 100퍼센트는 아니라고 해도 어떻게든 이상에 근접하기 위해 개인이 쓰레기 문제를 진지하게 생각하기 시작한 최초의 세대! 후세 사람들에게 이런 말을 듣는다면 얼마나 멋질까요?

　마지막으로 도쿄·구니다치国立 시 홈페이지에서 제가 감명을 받은 말을 소개하며 마무리를 할까 합니다.

　'너무 많이 사지 말기.'

'너무 많이 만들지 말기.'

'음식을 너무 많이 남기지 말기.'

앞으로 미래에는 이 말이 더 중요해질 것입니다.

참고자료 — 2008 OECD 도쿄도 환경국 「도쿄도 폐기물 매립 처분장」 2018, 환경청 홈페이지 「각국의 일반폐기물 처분 상황」

나오며

지금 이 페이지를 읽고 있다는 말은 마지막까지 읽어주었다는 뜻이겠지요?

정말로요? 건너뛰지 않고요? 뒤에서부터 읽는 독특한 독서법은 아니지요?

아, 다행입니다. 그러면 다시 한번 감사 말씀을 올려야겠네요. 마지막까지 읽어주셔서 감사합니다! 가슴 깊이 감사드립니다! 진심입니다.

제가 쓰레기 청소부로 일했던 6년 동안 매일같이 느꼈던 점, 놀라운 사건 등을 추리고 또 추려서 이 책으로 정리했습니다.

쓰레기 분리수거 작업에 대해 아주 일부일지언정 여러분이 읽어주는 날이 올 줄은 몰랐습니다. 정말 살아가는 동안 무슨 일이 벌어질지는 알 수 없는 듯합니다. 만약 타임머신이 있다면 코미디언이 되겠다고 결심한 자신을 만나러 가서 "넌 20년 후에 쓰레기에 관한 책을 낼 거야!" 하고 말해주고 싶습니다. 아마도 그는 "어째 그런 일이?" 하고 말하겠지요.

당연합니다. 그는 정신이 팔려서 코미디언으로

먹고살아가려고 하는 야심찬 사내였으니까 놀랄 것입니다.
어쩌면 화를 낼지도 모릅니다.

"농담은 그만둬! 난 다운타운*이 될 남자라고!!"

그는 폭소를 터뜨릴 것입니다. 박장대소하느라 손바닥이
부어오르겠지요. 그러다가 결국은 배꼽이 빠질지도
모릅니다. 아, 됐습니다. 젊은이는 그 정도 배짱이 있어도
흠이 안 되니까요. 오히려 젊은데도 졸아들기만 한다면
재미없습니다. 아무 맛도 나지 않습니다.

"잘 들어! 20년 후야. 20년 후에 넌 쓰레기에 관한 책을
낸다고!"

저는 이렇게 뱉어내고는 심술궂게 쏘아보고 자리를
떠나겠지요. 어째서 심술궂게 사라져주느냐? 그에게는
아직 감사하는 마음이 없기 때문입니다. 뭐든지 남에게만
의존하면 안 되겠지만, 여러 사람이 도와주고 있다는 것을
아직 모르기 때문입니다. 지금의 저는 알고 있습니다.
그래서 감사를 표합니다.

관심을 가져주고, 이 책을 발간하도록 응원해준 분들께
정말 감사드립니다. 솔직하게 고개를 숙여 감사를 표할 수
있는 나이가 되었습니다. 마흔둘!

---

* 1982년 결성한 일본의 유명한 코미디언 콤비.

서른여섯에 쓰레기 수거 일을 시작한 때에 비해
제대로 인사할 줄 아는 인간이 되었습니다. 모르는
사람과 대화도 나눌 수 있는 인간이 되었습니다. 일부러
미소를 짓는 일도 익숙해졌고, 몸도 튼튼해졌습니다.
쓰레기 분리수거 방식에 주의를 기울일 줄도 알고,
야한 이야기는 나이를 불문하고 재미있어한다는 것도
알았습니다. 인간으로서 성장했습니다. 성장? 뭐요?
성장이라고요? 성장이라고 부를 수 있는지 모르겠지만,
여하튼 서른여섯의 저보다 현재의 제가 더 마음에
듭니다.

　일을 하면서 코미디를 계속하고 아이를 키우노라면
하루하루 살아가는 것만으로도 힘에 버거웠습니다.
그러다가 정신을 차려보니 6년이 흘러갔더군요. 도대체
다들 어떻게 불륜을 저지르는 것일까? 괜히 망상을
품어보면서 하루 또 하루, 오늘 하루를 무사히 보내야
한다는 의무와 목표를 실현하고 나서야 마음 놓고
잠자리에 듭니다. 그것이 오늘날 나의 자긍심입니다.
아버지는 그런 존재입니다.

　6년이 지나 손톱만큼 여유가 생겼고, 주위를
둘러보았더니 부랑자 티가 나던 거친 운전기사도
성격이 원만해졌습니다. 이러쿵저러쿵 이야기를

늘어놓았습니다만, 실제로 6년 전에 비해 쓰레기를 둘러싼 매너도 훨씬 좋아졌습니다. 협조해주셔서 감사합니다! 여러분도 성장했다고 생각합니다. 어느 날 갑자기 그런 것이 아니라 조금씩 자기도 모르는 사이에 그렇게 되었을 것입니다.

친구야! 술은 다음에 마시러 가자. 지금은 정신없이 바쁘니까 사양하지만, 시간이 좀 흐르면 좀 여유가 생길 테니까 그때 가자. 재미있는 얘기가 얼마나 많은지 몰라. 다음 날이 휴일이면 좋겠다. 청소부는 알코올 검사를 받아야 하거든.